Ревизор

Николай Гоголь

СОДЕРЖАНИЕ

РЕВИЗОР

Комедия в пяти действиях

Действующие лица

Антон Антонович Сквозник-Дмухановский, городничий.
Анна Андреевна, жена его.
Марья Антоновна, дочь его.
Лука Лукич Хлопов, смотритель училищ.
Жена его.
Аммос Федорович Ляпкин-Тяпкин, судья.
Артемий Филиппович Земляника, попечитель богоугодных заведений.
Иван Кузьмич Шпекин, почтмейстер.
Петр Иванович Добчинский |
Петр Иванович Бобчинский } городские помещики
Иван Александрович Хлестаков, чиновник из Петербурга.
Осип, слуга его.
Христиан Иванович Гибнер, уездный лекарь.
Федор Иванович Люлюков |
Иван Лазаревич Растаковский} отставные чиновники, почетные лица в городе.
Степан Иванович Коробкин |
Степан Ильич Уховертов, частный пристав.
Свистунов
Пуговицын
Держиморда } полицейские
Абдулин, купец.
Февронья Петровна Пошлепкина, слесарша.
Жена унтер-офицера.
Мишка, слуга городничего.
Слуга трактирный.
Гости и гостьи, купцы, мещане, просители.

ХАРАКТЕРЫ И КОСТЮМЫ

Замечания для господ актеров

Городничий, уже постаревший на службе и очень неглупый по-своему человек. Хотя и взяточник, но ведет себя очень солидно; довольно сурьезен; несколько даже резонер; говорит ни громко, ни тихо, ни много, ни мало. Его каждое слово значительно. Черты лица его грубы и жестки, как у всякого начавшего службу с низших чинов. Переход от страха к радости, от грубости к высокомерию довольно быстр, как у человека с грубо развитыми склонностями души. Он одет, по обыкновению, в своем мундире с петлицами и в ботфортах со шпорами. Волоса на нем стриженые, с проседью.

Анна Андреевна, жена его, провинциальная кокетка, еще не совсем не пожилых лет, воспитанная вполовину на романах и альбомах, вполовину на хлопотах в своей кладовой и девичьей. Очень любопытна и при случае выказывает тщеславие. Берет иногда власть над мужем потому только, что тот не находится, что отвечать ей; но власть эта распространяется только на мелочи и состоит только в выговорах и насмешках. Она четыре раза переодевается в разные платья в продолжение пьесы.

Хлестаков, молодой человек лет двадцати трех, тоненький, худенький; несколько приглуповат и, как говорят, без царя в голове, - один из тех людей которых в канцеляриях называют пустейшими. Говорит и действует без всякого соображения. Он не в состоянии остановить постоянного внимания на какой-нибудь мысли. Речь его отрывиста, и слова вылетают из уст его совершенно неожиданно. Чем более исполняющий эту роль покажет чистосердечия и простоты, тем более он выиграет. Одет по моде.

Осип, слуга, таков, как обыкновенно бывают слуги несколько пожилых лет. Говорит сурьезно, смотрит несколько вниз, резонер и любит себе самому читать нравоучения для своего барина. Голос его всегда почти ровен, в разговоре с барином принимает суровое, отрывистое и несколько даже грубое выражение. Он умнее своего барина и потому скорее догадывается, но не любит много говорить и молча плут. Костюм его - серый или поношенный сюртук.

Бобчинский и **Добчинский**, оба низенькие, коротенькие, очень любопытные; чрезвычайно похожи друг на друга; оба с небольшими брюшками; оба говорят скороговоркою и чрезвычайно много помогают жестами и руками. Добчинский немножко выше и сурьезнее Бобчинского, но Бобчинский развязнее и живее Добчинского.

Ляпкин-Тяпкин, судья, человек, прочитавший пять или шесть книг и потому несколько вольнодумен. Охотник большой на догадки, и потому каждому слову своему дает вес. Представляющий его должен всегда сохранять в лице своем значительную мину. Говорит басом с продолговатой растяжкой, хрипом и сапом - как старинные часы, которые прежде шипят, а потом уже бьют.

Земляника, попечитель богоугодных заведений, очень толстый, неповоротливый и неуклюжий человек, но при всем том проныра и плут. Очень услужлив и суетлив.

Почтмейстер, простодушный до наивности человек.

Прочие роли не требуют особых изъяснений. Оригиналы их всегда почти находятся перед глазами.

Господа актеры особенно должны обратить внимание на последнюю сцену. Последнее произнесенное слово должно произвести электрическое потрясение на всех разом, вдруг. Вся группа должна переменить положение в один миг ока. Звук изумления должен вырваться у всех женщин разом, как будто из одной груди. От несоблюдения сих замечаний может исчезнуть весь эффект.

ДЕЙСТВИЕ ПЕРВОЕ

Комната в доме городничего.

ЯВЛЕНИЕ I

Городничий, попечитель богоугодных заведений, смотритель училищ, судья, частный пристав, лекарь, два квартальных.

Городничий. Я пригласил вас, господа, с тем, чтобы сообщить вам пренеприятное известие: к нам едет ревизор.

Аммос Федорович. Как ревизор?

Артемий Филиппович. Как ревизор?

Городничий. Ревизор из Петербурга, инкогнито. И еще с секретным предписаньем.

Аммос Федорович. Вот те на!

Артемий Филиппович. Вот не было заботы, так подай!

Лука Лукич. Господи боже! еще и с секретным предписаньем!

Городничий. Я как будто предчувствовал: сегодня мне всю ночь снились какие-то две необыкновенные крысы. Право, этаких я никогда не видывал: черные, неестественной величины! пришли, понюхали - и пошли прочь. Вот я вам прочту письмо, которое получил я от Андрея Ивановича Чмыхова, которого вы, Артемий Филиппович, знаете. Вот что он пишет: "Любезный друг, кум и благодетель (*бормочет вполголоса, пробегая скоро глазами*)... и уведомить тебя". А! Вот: "Спешу, между прочим, уведомить тебя, что приехал чиновник с предписанием осмотреть всю губернию и особенно наш уезд (*значительно поднимает палец вверх*). Я узнал это от самых достоверных людей, хотя он представляет себя частным лицом. Так как я знаю, что за тобою, как за всяким, водятся грешки, потому что ты человек умный и не любишь

4

пропускать того, что плывет в руки..." *(остановясь)*, ну, здесь свои ... "то советую тебе взять предосторожность, ибо он может приехать во всякий час, если только уже не приехал и не живет где-нибудь инкогнито... Вчерашнего дня я ..." Ну, тут уж пошли дела семейные: "... сестра Анна Кирилловна приехала к нам со своим мужем; Иван Кириллович очень потолстел и все играет на скрыпке..." - и прочее, и прочее. Так вот какое обстоятельство!

Аммос Федорович. Да, обстоятельство такое... необыкновенно, просто необыкновенно. Что-нибудь недаром.

Лука Лукич. Зачем же, Антон Антонович, отчего это? Зачем к нам ревизор?

Городничий. Зачем! Так уж, видно, судьба! *(Вздохнув.)* До сих пор, благодарение богу, подбирались к другим городам; теперь пришла очередь к нашему.

Аммос Федорович. Я думаю, Антон Антонович, что здесь тонкая и больше политическая причина. Это значит вот что: Россия... да... хочет вести войну, и министерия-то, вот видите, и подослала чиновника, чтобы узнать, нет ли где измены.

Городничий. Эк куда хватили! Еще умный человек! В уездном городе измена! Что он, пограничный, что ли? Да отсюда, хоть три года скачи, ни до какого государства не доедешь.

Аммос Федорович. Нет, я вам скажу, вы не того... вы не... Начальство имеет тонкие виды: даром что далеко, а оно себе мотает на ус.

Городничий. Мотает или не мотает, а я вас, господа, предуведомил. Смотрите, по своей части я кое-какие распоряженья сделал, советую я вам. Особенно вам, Артемий Филиппович! Без сомнения, проезжающий чиновник захочет прежде всего осмотреть подведомственные вам богоугодные заведения - и потому вы сделайте так, чтобы все было прилично: колпаки были бы чистые, и больные не походили бы на кузнецов, как обыкновенно они ходят по-домашнему.

Артемий Филиппович. Ну, это еще ничего. Колпаки, пожалуй, можно надеть и чистые.

Городничий. Да, и тоже над каждой кроватью надписать по латыни или на другом языке... Это уже по вашей части, Христиан Иванович, - всякую болезнь: когда кто заболел, которого дня и числа... Нехорошо, что у вас больные такой крепкий табак курят, что всегда расчихаешься, когда войдешь. Да и лучше, если б их было меньше: тотчас отнесут к дурному смотрению или неискусству врача.

Артемий Филиппович. О! насчет врачеванья мы с Христианом Ивановичем взяли свои меры: чем ближе к натуре, тем лучше, - лекарств дорогих мы не употребляем. Человек простой: если умрет, то и так умрет; если выздоровеет, то и так выздоровеет. Да и Христиану Ивановичу затруднительно было б с ними изъясняться: он по-русски ни слова не знает.

Христиан Иванович издает звук, отчасти похожий на букву и и несколько на е.

Городничий. Вам тоже посоветовал бы, Аммос Федорович, обратить внимание на присутственные места. У вас там в передней, куда обыкновенно являются просители, сторожа завели домашних гусей с маленькими гусенками, которые так и шныряют под ногами. Оно, конечно, домашним хозяйством заводиться всякому похвально, и почему ж сторожу и не завесть его? только, знаете, в таком месте неприлично... Я и прежде хотел вам это заметить, но все как-то позабывал.

Аммос Федорович. А вот я их сегодня же велю всех забрать на кухню. Хотите, приходите обедать.

Городничий. Кроме того, дурно, что у вас высушивается в самом присутствии всякая дрянь и над самым шкапом с бумагами охотничий арапник. Я знаю, вы любите охоту, но все на время лучше его принять, а там, как проедет ревизор, пожалуй, опять его можете повесить. Также заседатель ваш... он, конечно, человек сведущий, но от него такой запах, как будто бы он сейчас вышел из винокуренного завода, - это тоже нехорошо. Я хотел давно об этом сказать вам, но был, не помню, чем-то развлечен. Есть против этого средства, если уже это действительно, как он говорит, у него природный запах: можно посоветовать ему есть лук, или чеснок, или что-нибудь другое. В этом случае может помочь разными медикаментами Христиан Иванович.

6

Аммос Федорович. Нет, этого уже невозможно выгнать: он говорит, что в детстве мамка его ушибла, и с тех пор от него отдает немного водкою.

Городничий. Да я только так заметил вам. Насчет же внутреннего распоряжения и того, что называет в письме Андрей Иванович грешками, я ничего не могу сказать. Да и странно говорить: нет человека, который бы за собою не имел каких-нибудь грехов. Это уже так самим богом устроено, и волтерианцы напрасно против этого говорят.

Аммос Федорович. Что ж вы полагаете, Антон Антонович, грешками? Грешки грешкам - рознь. Я говорю всем открыто, что беру взятки, но чем взятки? Борзыми щенками. Это совсем иное дело.

Городничий. Ну, щенками, или чем другим - все взятки.

Аммос Федорович. Ну нет, Антон Антонович. А вот, например, если у кого-нибудь шуба стоит пятьсот рублей, да супруге шаль...

Городничий. Ну, а что из того, что вы берете взятки борзыми щенками? Зато вы в бога не веруете; вы в церковь никогда не ходите; а я, по крайней мере, в вере тверд и каждое воскресенье бываю в церкви. А вы... О, я знаю вас: вы если начнете говорить о сотворении мира, просто волосы дыбом поднимаются.

Аммос Федорович. Да ведь сам собою дошел, собственным умом.

Городничий. Ну, в ином случае много ума хуже, чем бы его совсем не было. Впрочем, я так только упомянул о уездном суде; а по правде сказать, вряд ли кто когда-нибудь заглянет туда; это уж такое завидное место, сам бог ему покровительствует. А вот вам, Лука Лукич, как смотрителю учебных заведений, нужно позаботиться особенно насчет учителей. Они люди, конечно, ученые и воспитывались в разных коллегиях, но имеют очень странные поступки, натурально неразлучные с ученым званием. Один из них, например, вот этот, что имеет толстое лицо... Не вспомню его фамилию, никак не может обойтись без того, чтобы взошедши на кафедру, не сделать гримасу, вот этак *(делает гримасу)*, и потом начнет рукою из-под галстука утюжить свою бороду. Конечно, если ученику сделает такую рожу, то оно еще ничего: может быть, оно там и нужно так, об этом я не могу судить; но вы посудите сами, если он сделает это посетителю, - это может быть очень худо: господин ревизор или другой кто может принять это на свой счет. Из этого черт знает что может произойти.

Лука Лукич. Что ж мне, право, с ним делать? Я уж несколько раз ему говорил. Вот еще на днях, когда зашел было в класс наш предводитель, он скроил такую рожу, какой я никогда еще не видывал. Он-то ее сделал от доброго сердца, а мне выговор: зачем вольнодумные мысли внушаются юношеству.

Городничий. То же я должен вам заметить и об учителе по исторической части. Он ученая голова - это видно, и сведений нахватал тьму, но только объясняет с таким жаром, что не помнит себя. Я раз слушал его: ну покамест говорил об ассириянах и вавилонянах - еще ничего, а как добрался до Александра Македонского, то я не могу вам сказать, что с ним сделалось. Я думал, что пожар, ей-богу! Сбежал с кафедры и что есть силы хвать стулом об пол. Оно конечно, Александр Македонский герой, но зачем же стулья ломать? от этого убыток казне.

Лука Лукич. Да, он горяч! Я ему это несколько раз уже замечал.. Говорит: "Как хотите, для науки я жизни не пощажу".

Городничий. Да, таков уже неизъяснимый закон судеб: умный человек либо пьяница, или рожу такую состроит, что хоть святых выноси.

Лука Лукич. Не приведи господь служить по ученой части! Всего боишься: всякий мешается, всякому хочется показать, что он тоже умный человек.

Городничий. Это бы еще ничего, - инкогнито проклятое! Вдруг заглянет: "А, вы здесь, голубчики! А кто, скажет, здесь судья?" - "Ляпкин-Тяпкин". - "А подать сюда Ляпкина-Тяпкина! А кто попечитель богоугодных заведений?" - "Земляника". "А подать сюда Землянику!" Вот что худо!

ЯВЛЕНИЕ II

Те же и почтмейстер

Почтмейстер. Объясните, господа, что, какой чиновник едет?

Городничий. А вы разве не слышали?

Почтмейстер. Слышал от Петра Ивановича Бобчинского. Он только что был у меня в почтовой конторе.

Городничий. Ну, что? Как вы думаете об этом?

Почтмейстер. А что думаю? война с турками будет.

Аммос Федорович. В одно слово! я сам то же думал.

Городничий. Да, оба пальцем в небо попали!

Почтмейстер. Право, война с турками. Это все француз гадит.

Городничий. Какая война с турками! Просто нам плохо будет, а не туркам. Это уже известно: у меня письмо.

Почтмейстер. А если так, то не будет войны с турками.

Городничий. Ну что же вы, как вы, Иван Кузьмич?

Почтмейстер. Да что я? Как вы, Антон Антонович?

Городничий. Да что я? Страху-то нет, а так, немножко... Купечество да гражданство меня смущает. Говорят, что я им солоно пришелся, а я, вот ей-богу, если и взял с иного, то, право, без всякой ненависти. Я даже думаю (*берет его под руку и отводит в сторону*), я даже думаю, не было ли на меня какого-нибудь доноса. Зачем же в самом деле к нам ревизор? Послушайте, Иван Кузьмич, нельзя ли вам, для общей нашей пользы, всякое письмо, которое прибывает к вам в почтовую контору, входящее и исходящее, знаете, этак немножко распечатать и прочитать: не содержится ли в нем какого-нибудь донесения или просто переписки. Если же нет, то можно опять запечатать; впрочем, можно даже и так отдать письмо, распечатанное.

9

Почтмейстер. Знаю, знаю... Этому не учите, это я делаю не то чтоб из предосторожности, а больше из любопытства: смерть люблю узнать, что есть нового на свете. Я вам скажу, что это преинтересное чтение. Иное письмо с наслажденьем прочтешь - так описываются разные пассажи... а назидательность какая... лучше, чем в "Московских ведомостях"!

Городничий. Ну что ж, скажите, ничего не начитывали о каком-нибудь чиновнике из Петербурга?

Почтмейстер. Нет, о петербургском ничего нет, а о костромских и саратовских много говорится. Жаль, однако ж, что вы не читаете писем: есть прекрасные места. Вот недавно один поручик пишет к приятелю и описал бал в самом игривом... очень, очень хорошо: "Жизнь моя, милый друг, течет, говорит в эмпиреях: барышень много, музыка играет, штандарт скачет..." - с большим, с большим чувством описал. Я нарочно оставил его у себя. Хотите, прочту?

Городничий. Ну, теперь не до того. Так сделайте милость, Иван Кузьмич: если на случай попадется жалоба или донесение, то без всяких рассуждений задерживайте.

Почтмейстер. С большим удовольствием.

Аммос Федорович. Смотрите, достанется вам когда-нибудь за это.

Почтмейстер. Ах, батюшки!

Городничий. Ничего, ничего. Другое дело, если бы вы из этого публичное что-нибудь сделали, но ведь это дело семейственное.

Аммос Федорович. Да, нехорошее дело заварилось! А я, признаюсь, шел было к вам, Антон Антонович, с тем чтобы попотчевать вас собачонкою. Родная сестра тому кобелю, которого вы знаете. Ведь вы слышали, что Чептович с Варховинским затеяли тяжбу, и теперь мне роскошь: травлю зайцев на землях и у того и другого.

Городничий. Батюшки, не милы мне теперь ваши зайцы: у меня инкогнито проклятое сидит в голове. Так и ждешь, что вот отворится дверь и - шасть...

ЯВЛЕНИЕ III

Те же, Бобчинский и Добчинский, оба входят, запыхавшись.

Бобчинский. Чрезвычайное происшествие!

Добчинский. Неожиданное известие!

Все. Что, что такое?

Добчинский. Непредвиденное дело: приходим в гостиницу...

Бобчинский *(перебивая)*. Приходим с Петром Ивановичем в гостиницу...

Добчинский *(перебивая)*. Э, позвольте, Петр Иванович, я расскажу.

Бобчинский. Э, нет, позвольте уж я... позвольте, позвольте... вы уж и слога такого не имеете...

Добчинский. А вы собъетесь и не припомните всего.

Бобчинский. Припомню, ей-богу, припомню. Уж не мешайте, пусть я расскажу, не мешайте! Скажите, господа, сделайте милость, чтоб Петр Иванович не мешал.

Городничий. Да говорите, ради бога, что такое? У меня сердце не на месте. Садитесь, господа! Возьмите стулья! Петр Иванович, вот вам стул.

Все усаживаются вокруг обоих Петров Ивановичей.

Ну, что, что такое?

Бобчинский. Позвольте, позвольте: я все по порядку. Как только имел удовольствие выйти от вас после того, как вы изволили смутиться полученным письмом, да-с, - так я тогда же забежал... уж, пожалуйста, не перебивайте, Петр Иванович! Уж все, все, все знаю-с. Так я, изволите видеть, забежал к Коробкину. А не заставши Коробкина-то дома, заворотил к Растаковскому, а не заставши Растаковского, зашел вот к Ивану Кузьмичу, чтобы сообщить ему полученную вами новость, да, идучи оттуда, встретился с Петром Ивановичем...

Добчинский *(перебивая)*.Возле будки, где продаются пироги.

Бобчинский. Возле будки, где продаются пироги. Да, встретившись с Петром Ивановичем, и говорю ему: "Слышали ли вы о новости-та, которую получил Антон Антонович из достоверного письма?" А Петр Иванович уж услыхали об этом от ключницы вашей Авдотьи, которая, не знаю, за чем-то была послана к Филиппу Антоновичу Почечуеву.

Добчинский *(перебивая)*.За бочонком для французской водки.

Бобчинский *(отводя его руки)*.За бочонком для французской водки. Вот мы пошли с Петром-то Ивановичем к Почечуеву... Уж вы, Петр Иванович... энтого... не перебивайте, пожалуйста, не перебивайте!.. Пошли к Почечуеву, да на дороге Петр Иванович говорит: "Зайдем, говорит, в трактир. В Желудке-то у меня... с утра я ничего не ел, так желудочное трясение..." - да-с, в желудке-то у Петра Ивановича... "А в трактир, говорит, привезли теперь свежей семги, так мы закусим". Только что мы в гостиницу, как вдруг молодой человек...

Добчинский *(перебивая)*.Недурной наружности, в партикулярном платье...

Бобчинский. Недурной наружности, в партикулярном платье, ходит этак по комнате, и в лице этакое рассуждение... физиономия... поступки, и здесь *(вертит рукою около лба)* много, много всего. Я будто предчувствовал и говорю Петру Ивановичу: "Здесь что-нибудь неспроста-с". Да. А Петр-то Иванович уж мигнул пальцем и подозвали трактирщика-с, трактирщика Власа: у него жена три недели назад тому родила, и такой пребойкий мальчик, будет так же, как и отец, содержать трактир. Подозвавши Власа, Петр Иванович и спроси его потихоньку: "Кто, говорит, этот молодой человек?" - а Влас и отвечает на это: "Это", - говорит... Э, не перебивайте, Петр Иванович, пожалуйста, не перебивайте; вы не расскажете, ей-богу не расскажете: вы пришепетываете; у вас, я знаю, один зуб во рту со свистом... "Это, говорит, молодой человек, чиновник, - да-с, - едущий из Петербурга, а по фамилии, говорит, Иван Александрович Хлестаков-с, а едет, говорит, в Саратовскую губернию и, говорит, престранно себя аттестует: другую уж неделю живет, из трактира не едет, забирает все на счет и не копейки не хочет платить". Как сказал он мне это, а меня так вот свыше и вразумило. "Э!" - говорю я Петру Ивановичу...

Добчинский. Нет, Петр Иванович, это я сказал: "э!"

Бобчинский. Сначала вы сказали, а потом и я сказал. "Э! - сказали мы с Петром Ивановичем. - А с какой стати сидеть ему здесь, когда дорога ему лежит в Саратовскую губернию?" Да-с. А вот он-то и есть этот чиновник.

Городничий. Кто, какой чиновник?

Бобчинский. Чиновник-та, о котором изволили получили нотицию, - ревизор.

Городничий *(в страхе).* Что вы, господь с вами! это не он.

Добчинский. Он! и денег не платит и не едет. Кому же б быть, как не ему? И подорожная прописана в Саратов.

Бобчинский. Он, он, ей-богу он... Такой наблюдательный: все обсмотрел. Увидел, что мы с Петром-то Ивановичем ели семгу, - больше потому, что Петр Иванович насчет своего желудка... да, так он и в тарелки к нам заглянул. Меня так и проняло страхом.

Городничий. Господи, помилуй нас, грешных! Где же он там живет?

Добчинский. В пятом номере, под лестницей.

Бобчинский. В том самом номере, где прошлого года подрались приезжие офицеры.

Городничий. И давно он здесь?

Добчинский. А недели две уж. Приехал на Василья Египтянина.

Городничий. Две недели! *(В сторону.)* Батюшки, сватушки! Выносите, святые угодники! В эти две недели высечена унтер-офицерская жена! Арестантам не выдавали провизии! На улицах кабак, нечистота! Позор! поношенье! *(Хватается за голову.)*

Артемий Филиппович. Что ж, Антон Антонович? - ехать парадом в гостиницу.

Аммос Федорович. Нет, нет! Вперед пустить голову,

духовенство, купечество; вот и в книге "Деяния Иоанна Масона"...

Городничий. Нет, нет; позвольте уж мне самому. Бывали трудные случаи в жизни, сходили, еще даже и спасибо получал. Авось бог вынесет и теперь. (*Обращаясь к Бобчинскому.*) Вы говорите, он молодой человек?

Бобчинский. Молодой, лет двадцати трех или четырех с небольшим.

Городничий. Тем лучше: молодого скорее пронюхаешь. Беда, если старый черт, а молодой весь наверху. Вы, господа, приготовляйтесь по своей части, а я отправлюсь сам или вот хоть с Петром Ивановичем, приватно, для прогулки, наведаться, не терпят ли проезжающие неприятностей. Эй, Свистунов!

Свистунов. Что угодно?

Городничий. Ступай сейчас за частным приставом; или нет, ты мне нужен. Скажи там кому-нибудь, чтобы как можно поскорее ко мне частного пристава, и приходи сюда.

Квартальный бежит впопыхах.

Артемий Филиппович. Идем, идем, Аммос Федорович! В самом деле может случиться беда.

Аммос Федорович. Да вам чего бояться? Колпаки чистые надел на больных, да и концы в воду.

Артемий Филиппович. Какое колпаки! Больным велено габерсуп давать, а у меня по всем коридорам несет такая капуста, что береги только нос.

Аммос Федорович. А я на этот счет покоен. В самом деле, кто зайдет в уездный суд? А если и заглянет в какую-нибудь бумагу, так он жизни не будет рад. Я вот уж пятнадцать лет сижу на судейском стуле, а как загляну в докладную записку - а! только рукой махну. Сам Соломон не разрешит, что в ней правда и что неправда.

Судья, попечитель богоугодных заведений, смотритель училищ и почтмейстер уходят и в дверях сталкиваются с возвращающимся квартальным.

ЯВЛЕНИЕ IV

Городничий, Бобчинский, Добчинский и квартальный.

Городничий. Что, дрожки там стоят?

Квартальный. Стоят.

Городничий. Ступай на улицу... или нет, постой! Ступай принеси... Да другие-то где? неужели ты только один? Ведь я приказывал, чтобы и Прохоров был здесь. Где Прохоров?

Квартальный. Прохоров в частном доме, да только к делу не может быть употреблен.

Городничий. Как так?

Квартальный. Да так: привезли его поутру мертвецки. Вот уже два ушата воды вылили, до сих пор не протрезвился.

Городничий *(хватаясь за голову).* Ах, боже мой, боже мой! Ступай скорее на улицу, или нет - беги прежде в комнату, слышь! и принеси оттуда шпагу и новую шляпу. Ну, Петр Иванович, поедем!

Бобчинский. И я, и я... позвольте и мне, Антон Антонович!

Городничий. Нет, нет, Петр Иванович, нельзя, нельзя! Неловко, да и на дрожках не поместимся.

Бобчинский. Ничего, ничего, я так: петушком, петушком побегу за дрожками. Мне бы только немножко в щелочку-та, в дверь этак посмотреть, как у него эти поступки...

Городничий *(принимая шпагу, к квартальному).* Беги сейчас возьми десятских, да пусть каждый из них возьмет... Эк шпага как исцарапалась! Проклятый купчишка Абдулин - видит, что у городничего старая шпага, не прислал новой. О, лукавый народ! А так, мошенники, я думаю, там уж просьбы из-под полы и готовят. Пусть каждый возьмет в руки по улице... черт возьми, по улице - по метле! и вымели бы всю улицу, что идет к трактиру, и вымели бы чисто... Слышишь! Да смотри: ты! ты! я знаю тебя: ты там кумаешься да крадешь в ботфорты серебряные ложечки, - смотри, у меня ухо востро!.. Что ты сделал с купцом Черняевым - а? Он тебе на мундир дал два аршина сукна, а ты стянул всю штуку. Смотри! не по чину берешь! Ступай!

ЯВЛЕНИЕ V

Те же и частный пристав

Городничий. А, Степан Ильич! Скажите, ради бога: куда вы запропастились? На что это похоже?

Частный пристав. Я был тут сейчас за воротами.

Городничий. Ну, слушайте же, Степан Ильич. Чиновник-то из Петербурга приехал. Как вы там распорядились?

Частный пристав. Да так, как вы приказывали. Квартального Пуговицына я послал с десятскими подчищать тротуар.

Городничий. А Держиморда где?

Частный пристав. Держиморда поехал на пожарной трубе.

Городничий. А Прохоров пьян?

Частный пристав. Пьян.

Городничий. Как же вы это допустили?

Частный пристав. Да бог его знает. Вчерашнего дня случилась за городом драка, - поехал туда для порядка, а возвратился пьян.

Городничий. Послушайте ж, вы сделайте вот что: квартальный Пуговицын... он высокого роста, так пусть стоит для благоустройства на мосту. Да разметать наскоро старый забор, что возле сапожника, и поставить соломенную веху, чтоб было похоже на планирование. Оно чем больше ломки, тем

16

больше означает деятельности градоправителя. Ах, боже мой! я и позабыл, что возле того забора навалено на сорок телег всякого сору. Что это за скверный город! только где-нибудь поставь какой-нибудь памятник или просто забор - черт их знает откудова и нанесут всякой дряни! *(Вздыхает.)* Да если приезжий чиновник будет спрашивать службу: довольны ли? - чтобы говорили: "Всем довольны, ваше благородие"; а который будет недоволен, то ему после дам такого неудовольствия... О, ох, хо, хо, х! грешен, во многом грешен. *(Берет вместо шляпы футляр.)* Дай только, боже, чтобы сошло с рук поскорее, а там-то я поставлю уж такую свечу, какой еще никто не ставил: на каждую бестию купца наложу доставить по три пуда воску. О боже мой, боже мой! Едем, Петр Иванович! *(Вместо шляпы хочет надеть бумажный футляр.)*

Частный пристав. Антон Антонович, это коробка, а не шляпа.

Городничий *(бросая коробку).* Коробка так коробка. Черт с ней! Да если спросят, отчего не выстроена церковь при богоугодном заведении, на которую год назад была ассигнована сумма, то не позабыть сказать, что начала строиться, но сгорела. Я об этом и рапорт представлял. А то, пожалуй, кто-нибудь, позабывшись, сдуру скажет, что она и не начиналась. Да сказать Держиморде, чтобы не слишком давал воли кулакам своим; он, для порядка, всем ставит фонари под глазами - и правому, и виноватому. Едем, едем, Петр Иванович! *(Уходит и возвращается.)* Да не выпускать солдат на улицу безо всего: эта дрянная гарниза наденет только сверх рубашки мундир, а внизу ничего нет.

Все уходят.

ЯВЛЕНИЕ VI

Анна Андреевна и Марья Антоновна вбегают на сцену.

Анна Андреевна.. Где ж, где ж они? Ах, боже мой!.. *(Отворяя дверь.)* Муж! Антоша! Антон! *(Говорит скоро.)* А все ты, а все за тобой. И пошла копаться: "Я булавочку, я косынку". *(Подбегает к окну и кричит.)* Антон, куда, куда? Что, приехал? ревизор? с усами! с какими усами?

Голос городничего. После, после, матушка!

Анна Андреевна.. После? Вот новости - после! Я не хочу после... Мне только одно слово: что он, полковник? А? *(С пренебрежением.)* Уехал! Я тебе вспомню это! А все эта: "Маменька, маменька, погодите, зашпилю сзади косынку; я сейчас". Вот тебе и сейчас! Вот тебе ничего и не узнали! А все проклятое кокетство; услышала, что почтмейстер здесь, и давай пред зеркалом жеманиться: и с той стороны, и с этой стороны подойдет. Воображает, что он за ней волочится, а он просто тебе делает гримасу, когда ты отвернешься.

Марья Антоновна. Да что ж делать, маменька? Все равно чрез два часа мы все узнаем.

Анна Андреевна. Чрез два часа! покорнейше благодарю. Вот одолжила ответом! Как ты не догадалась сказать, что чрез месяц еще лучше можно узнать! *(Свешивается в окно.)* Эй, Авдотья! А? Что, Авдотья, ты слышала, там приехал кто-то?.. Не слышала? Глупая какая! Машет руками? Пусть машет, а ты бы все-таки его расспросила. Не могла этого узнать! В голове чепуха, все женихи сидят. А? Скоро уехали! да ты бы побежала за дрожками. Ступай, ступай сейчас! Слышишь, побеги расспроси, куда поехали; да расспроси хорошенько, что за приезжий, каков он, - слышишь? Подсмотри в щелку и узнай все, и глаза какие: черные или нет, и сию же минуту возвращайся назад, слышишь? Скорее, скорее, скорее, скорее! *(Кричит до тех пор, пока не опускается занавес. Так занавес и закрывает их обеих, стоящих у окна.)*

ДЕЙСТВИЕ ВТОРОЕ

Маленькая комната в гостинице. Постель, стол, чемодан, пустая бутылка, сапоги, платяная щетка и прочее.

ЯВЛЕНИЕ I

Осип лежит на барской постели

Черт побери, есть так хочется и в животе трескотня такая, как будто бы целый полк затрубил в трубы. Вот не доедем, да и только, домой! Что ты прикажешь делать? Второй месяц пошел, как уже из Питера! Профинтил дорогой денежки, голубчик, теперь сидит и хвост подвернул и не горячится. А стало бы, и очень бы стало на прогоны; нет, вишь ты, нужно в каждом городе показать себя! *(Дразнит его.)* "Эй, Осип, ступай посмотри комнату, лучшую, да обед спроси самый лучший: я не могу есть дурного обеда, мне нужен лучший обед". Добро бы было в самом деле что-нибудь путное, а то ведь елистратишка простой! С проезжающим знакомится, а потом в картишки - вот тебе и доигрался! Эх, надоела такая жизнь! Право, на деревне лучше: оно хоть нет публичности, да и заботности меньше; возьмешь себе бабу, да и лежи весь век на полатях да ешь пироги. Ну, кто ж спорит: конечно, если пойдет на правду, так житье в Питере лучше всего. Деньги бы только были, а жизнь тонкая и политичная: кеятры, собаки тебе танцуют, и все что хочешь. Разговаривает все на тонкой деликатности, что разве только дворянству уступит; пойдешь на Щукин - купцы тебе кричат:"Почтенный!"; на перевозе в лодке с чиновником сядешь; компании захотел - ступай в лавочку: там тебе кавалер расскажет про лагери и объявит, что всякая звезда значит на небе, так вот как на ладони все видишь. Старуха офицерша забредет; горничная иной раз заглянет такая... фу, фу, фу! *(Усмехается и трясет головою.)* Галантерейное, черт возьми, обхождение! Невежливого слова никогда не услышишь, всякой говорит тебе "вы". Наскучило идти - берешь себе извозчика и сидишь себе как барин, а не захочешь заплатить ему - изволь: у каждого дома есть сквозные ворота, и ты так шмыгнешь, что тебя никакой дьявол не сыщет. Одно плохо: иной раз славно наешься, а в другой чуть не лопнешь с голоду, как теперь, например. А все он виноват. Что с ним сделаешь? Батюшка пришлет денежки, чем бы их попридержать - и куды!.. пошел кутить: ездит на извозчике, каждый день ты доставай в кеятр билет, а там через неделю, глядь - и посылает на толкучий продавать новый фрак. Иной раз все до последней рубашки спустит, так что на нем всего останется сертучишка да шинелишка... Ей-богу, правда! И сукно такое важное, аглицкое! рублев полтораста ему один фрак станет, а на рынке спустит рублей за двадцать; а о брюках и говорить нечего - нипочем идут. А отчего? - оттого, что делом не занимается: вместо того чтобы в должность, а он идет гулять по прешпекту, в картишки играет. Эх, если б узнал это старый барин! Он не посмотрел бы на то, что ты чиновник, а, поднявши рубашонку, таких бы засыпал тебе, что б дня четыре ты почесывался. Коли служить, так служи. Вот теперь трактирщик сказал, что не дам вам есть, пока не заплатите за прежнее; ну, а коли не заплатим? *(Со вздохом.)* Ах, боже ты мой, хоть бы какие-нибудь щи! Кажись, так бы теперь весь свет съел. Стучится; верно, это он идет. *(Поспешно схватывается с постели.)*

ЯВЛЕНИЕ II

Осип и Хлестаков

Хлестаков. На, прими это. *(Отдает фуражку и тросточку.)* А, опять валялся на кровати?

Осип. Да зачем же бы мне валяться? Не видал я разве кровати, что ли?

Хлестаков. Врешь, валялся; видишь, вся склочена.

Осип. Да на что мне она? Не знаю я разве, что такое кровать? У меня есть ноги; я и постою. Зачем мне ваша кровать?

Хлестаков *(ходит по комнате).* Посмотри, там в картузе табаку нет?

Осип. Да где ж ему быть, табаку? Вы четвертого дня последнее выкурили.

Хлестаков (*ходит и разнообразно сжимает свои губы; наконец говорит громким и решительным голосом*). Послушай... эй, Осип!

Осип. Чего изволите?

Хлестаков (*громким, но не столь решительным голосом*). Ты ступай туда.

Осип. Куда?

Хлестаков (*голосом вовсе не решительным и не громким, очень близким к просьбе*). Вниз, в буфет... Там скажи... чтобы мне дали пообедать.

Осип. Да нет, я и ходить не хочу.

Хлестаков. Как ты смеешь, дурак!

Осип. Да так; все равно, хоть и пойду, ничего из этого не будет. Хозяин сказал, что больше не даст обедать.

Хлестаков. Как он смеет не дать? Вот еще вздор!

Осип. "Еще, говорит, и к городничему пойду; третью неделю барин денег не плотит. Вы-де с барином, говорит, мошенники, и барин твой - плут. Мы-де, говорят, этаких шерамыжников и подлецов видали".

Хлестаков. А ты уж и рад, скотина, сейчас пересказывать мне все это.

Осип. Говорит: "Этак всякий придет, обживется, задолжается, после и выгнать нельзя. Я, говорит, шутить не буду, я прямо с жалобой, чтоб на съезжую да в тюрьму".

Хлестаков. Ну, ну, дурак, полно! Ступай, ступай скажи ему. Такое грубое животное!

Осип. Да лучше я самого хозяина позову к вам.

Хлестаков. На что ж хозяина? Ты поди сам скажи.

Осип. Да, право, сударь...

Хлестаков. Ну, ступай, черт с тобой! позови хозяина.

Осип уходит.

ЯВЛЕНИЕ III

Хлестаков один

Ужасно как хочется есть! Так немножко прошелся, думал, не пройдет ли аппетит, - нет, черт возьми, не проходит, Да, если б в Пензе я не покутил, стало бы денег доехать домой. Пехотный капитан сильно поддел меня: штосы удивительно, бестия, срезывает. Всего каких-нибудь четверть часа посидел - и все обобрал. А при всем том страх хотелось бы с ним еще раз сразиться. Случай только не привел. Какой скверный городишко! В овошенных лавках ничего не дают в долг. Это уж просто подло. (*Насвистывает сначала из "Роберта", потом "Не шей ты мне матушка", а наконец ни се ни то.*) Никто не хочет идти.

ЯВЛЕНИЕ IV

Хлестаков, Осип и трактирный слуга.

Слуга. Хозяин приказал спросить, что вам угодно?

Хлестаков. Здравствуй, братец! Ну, что ты, здоров?

Слуга. Слава богу.

Хлестаков. Ну, что, как у вас в гостинице? хорошо ли все идет?

Слуга. Да, слава богу, все хорошо.

Хлестаков. Много проезжающих?

Слуга. Да, достаточно.

Хлестаков. Послушай, любезный, там мне до сих пор обеда не приносят, так, пожалуйста, поторопи, чтоб поскорее, - видишь мне сейчас после обеда нужно кое-чем заняться.

Слуга. Да хозяин сказал, что не будет больше отпускать. Он, никак, хотел идти сегодня жаловаться городничему.

Хлестаков. Да что ж жаловаться? Посуди сам, любезный, как же? ведь мне нужно есть. Этак я могу совсем отощать. Мне очень есть хочется; я не шутя это говорю.

Слуга. Так-с. Он говорил: "Я ему обедать не дам, покамест он не заплатит мне за прежнее". Таков уж ответ его был.

Хлестаков. Да ты урезонь, уговори его.

Слуга. Да что ж ему такое говорить?

Хлестаков. Ты растолкуй ему сурьезно, что мне нужно есть. Деньги сами собою... Он, думает, что, как ему, мужику, ничего, если не поесть день, так и другим тоже. Вот новости!

Слуга. Пожалуй, я скажу.

ЯВЛЕНИЕ V

Хлестаков один.

Это скверно, однако ж, если он совсем ничего не даст есть. Так хочется, как еще никогда не хотелось. Разве из платья что-нибудь пустить в оборот? Штаны, что ли, продать? Нет, уж лучше поголодать, да приехать домой в петербургском костюме. Жаль, что Иохим не дал напрокат кареты, а хорошо бы, черт побери, приехать домой в карете, подкатить этаким чертом к какому-нибудь соседу-помещику под крыльцо, с фонарями, а Осипа сзади, одеть в ливрею. Как бы, я воображаю, все переполошились: "Кто такой, что такое?" А лакей входит (*вытягивается и представляя лакея*): "Иван Александрович Хлестаков из Петербурга, прикажете принять?" Они, пентюхи, и не знают, что такое значит "прикажете принять". К ним если приедет какой-нибудь гусь помещик, так и валит, медведь, прямо в гостиную. К дочечке какой-нибудь хорошенькой подойдешь: "Сударыня, как я ..." (*Потирает руки и подшаркивает ножкой.*) Тьфу! (*плюет*) даже тошнит, так есть хочется.

ЯВЛЕНИЕ VI

Хлестаков, Осип, потом слуга.

Хлестаков. А что?

Осип. Несут обед.

Хлестаков (*прихлопывает в ладоши и слегка подпрыгивает на стуле*). Несут! несут! несут!

Слуга (*с тарелками и салфеткой*). Хозяин в последний раз уж дает.

Хлестаков. Ну, хозяин, хозяин... Я плевать на твоего хозяина! Что там такое?

Слуга. Суп и жаркое.

Хлестаков. Как, только два блюда?

Слуга. Только-с.

Хлестаков. Вот вздор какой! я этого не принимаю. Ты скажи ему: что это, в самом деле, такое!.. Этого мало.

Слуга. Нет, хозяин говорит, что еще много.

Хлестаков. А соуса почем нет?

Слуга. Соуса нет.

Хлестаков. Отчего же нет? Я видел сам, проходя мимо кухни, там много готовилось. И в столовой сегодня поутру два каких-то коротеньких человека ели семгу и еще много кой-чего.

Слуга. Да оно-то есть, пожалуй, да нет.

Хлестаков. Как нет?

Слуга. Да уж нет.

Хлестаков. А семга, а рыба, а котлеты?

Слуга. Да это для тех, которые почище-с.

Хлестаков. Ах ты, дурак!

Слуга. Да-с.

Хлестаков. Поросенок ты скверный... Как же они едят, а я не ем? Отчего же я, черт возьми, не могу так же? Разве они не такие же проезжающие, как и я?

Слуга. Да уж известно, что не такие.

Хлестаков. Какие же?

Слуга. Обнакновенно какие! они уж известно: они деньги платят.

Хлестаков. Я с тобою, дурак, не хочу рассуждать. (*Наливает суп и ест.*) Что это за суп? Ты просто воды налил в чашку: никакого вкусу нет, только воняет. Я не хочу этого супу, дай мне другого.

Слуга. Мы примем-с. Хозяин сказал: коли не хотите, то и не нужно.

Хлестаков (*защищая рукой кушанье*). Ну, ну, ну... оставь, дурак! Ты привык там обращаться с другими: я, брат, не такого рода! со мной не советую... (*Ест.*) Боже мой, какой суп! (*Продолжает есть.*) Я думаю, еще ни один человек в мире не едал такого супу: какие-то перья плавают вместо масла. (*Режет курицу.*) Ай, ай, ай, какая курица! Дай жаркое! Там супу немного осталось, Осип, возьми себе. (*Режет жаркое.*) Что это за жаркое? Это не жаркое.

Слуга. Да что ж такое?

Хлестаков. Черт его знает, что это такое, только не жаркое. Это топор, зажаренный вместо говядины. (*Ест.*) Мошенники, канальи, чем они кормят! И челюсти заболят, если съешь один такой кусок. (*Ковыряет пальцем в зубах.*) Подлецы! Совершенно как деревянная кора, ничем вытащить нельзя; и зубы почернеют после этих блюд. Мошенники! (*Вытирает рот салфеткой.*) Больше ничего нет?

Слуга. Нет.

Хлестаков. Каналья! подлецы! и даже хотя бы какой-нибудь соус или пирожное. Бездельники! дерут только с проезжающих.

Слуга убирает и уносит тарелки вместе с Осипом.

ЯВЛЕНИЕ VII

Хлестаков, потом Осип.

Хлестаков. Право, как будто бы и не ел; только что разохотился. Если бы мелочь, послать бы на рынок и купить хоть бы сайку.

Осип (*входит*). Там зачем-то городничий приехал, осведомляется и спрашивает о вас.

Хлестаков (*испугавшись*). Вот тебе на! Экая бестия трактирщик, успел уже пожаловаться! Что, если он в самом деле потащит меня в тюрьму? Что ж если благородным образом, я, пожалуй... нет, нет, не хочу! Там в городе таскаются офицеры и народ, а я, как нарочно, задал тону и перемигнулся с одной купеческой дочкой... Нет, не хочу... Да что он, как он смеет в самом деле? Что я ему, разве купец или ремесленник? (*Бодрится и выпрямляется.*) Да я ему прямо скажу: "Как вы смеете, как вы..." (*У дверей вертится ручка; Хлестаков бледнеет и съеживается.*)

ЯВЛЕНИЕ VIII

Хлестаков, городничий и Добчинский. Городничий, вошед, останавливается. Оба в испуге смотрят несколько минут один на другого, выпучив глаза.

Городничий *(немного оправившись и протянув руки по швам).* Желаю здравствовать!

Хлестаков *(кланяется).* Мое почтение...

Городничий. Извините.

Хлестаков. Ничего...

Городничий. Обязанность моя, как градоначальника здешнего города, заботиться о том, чтобы проезжающим и всем благородным людям никаких притеснений...

Хлестаков *(сначала немного заикается, но к концу речи говорит громко).* Да что ж делать? Я не виноват... Я, право, заплачу... Мне пришлют из деревни.

Бобчинский выглядывает из дверей.

Он больше виноват: говядину мне подает такую твердую, как бревно; а суп - он черт знает чего плеснул туда, я должен был выбросить его за окно. Он меня морит голодом по целым дням... Чай такой странный, воняет рыбой, а не чаем. За что ж я... Вот новость!

Городничий *(робея).* Извините, я, право, не виноват. На рынке у меня говядина всегда хорошая. Привозят холмогорские купцы, люди трезвые и поведения хорошего. Я уж не знаю, откуда он берет такую. А если что не так, то ... Позвольте мне предложить вам переехать со мною на другую квартиру.

Хлестаков. Нет, не хочу! Я знаю, что значит на другую квартиру: то есть в тюрьму. Да какое вы имеете право? Да как вы смеете?.. Да вот я... Я служу в Петербурге. *(Бодрится.)* Я, я, я...

Городничий (*в сторону*). О господи ты боже, какой сердитый! Все узнал, все рассказали проклятые купцы!

Хлестаков (*храбрясь*). Да вот вы хоть тут со всей своей командой - не пойду! Я прямо к министру! (*Стучит кулаком по столу.*) Что вы? Что вы?

Городничий (*вытянувшись и дрожа всем телом*). Помилуйте, не погубите! Жена, дети маленькие... не сделайте несчастным человека.

Хлестаков. Нет, я не хочу! Вот еще? мне какое дело? Оттого, что у вас жена и дети, я должен идти в тюрьму, вот прекрасно!

Бобчинский выглядывает в дверь и в испуге прячется.

Нет, благодарю покорно, не хочу.

Городничий (*дрожа*). По неопытности, ей-богу по неопытности. Недостаточность состояния... Сами извольте посудить: казенного жалованья не хватает даже на чай и сахар. Если ж и были какие взятки, то самая малость: к столу что-нибудь да на пару платья. Что же до унтер-офицерской вдовы, занимающейся купечеством, которую я будто бы высек, то это клевета, ей-богу клевета. Это выдумали злодеи мои; это такой народ, что на жизнь мою готовы покуситься.

Хлестаков. Да что? мне нет никакого дела до них. (*В размышлении.*) Я не знаю, однако ж, зачем вы говорите о злодеях или о какой-то унтер-офицерской вдове... Унтер-офицерская жена совсем другое, а меня вы не смеете высечь, до этого вам далеко... Вот еще! смотри ты какой!.. Я заплачу, заплачу деньги, но у меня теперь нет. Я потому и сижу здесь, что у меня нет ни копейки.

Городничий (*в сторону*). О, тонкая штука! Эк куда метнул! какого туману напустил! разбери кто хочет! Не знаешь, с какой стороны и приняться. Ну да уж попробовать не куды пошло! Что будет, то будет, попробовать на авось. (*Вслух.*) Если вы точно имеет нужду в деньгах или в чем другом, то я готов служить свою минуту. Моя обязанность помогать проезжающим.

Хлестаков. Дайте, дайте мне взаймы! Я сейчас же расплачусь с трактирщиком. Мне бы только рублей двести или хоть даже и меньше.

Городничий (*поднося бумажки*). Ровно двести рублей, хоть и не трудитесь считать.

Хлестаков (*принимая деньги*). Покорнейше благодарю. Я вам тотчас пришлю их из деревни... у меня это вдруг... Я вижу, вы благородный человек. Теперь другое дело.

Городничий (*в сторону*). Ну, слава богу! деньги взял. Дело, кажется, пойдет теперь на лад. Я таки ему вместо двухсот четыреста ввернул.

Хлестаков. Эй, Осип!

Осип входит.

Позови сюда трактирного слугу! (*К городничему и Добчинскому.*) А что же вы стоите? Сделайте милость, садитесь. (*Добчинскому.*) Садитесь, прошу покорнейше.

Городничий. Ничего, мы и так постоим.

Хлестаков. Сделайте милость, садитесь. Я теперь вижу совершенно откровенность вашего нрава и радушие, а то, признаюсь, я уж думал, что вы пришли с тем, чтобы меня... (*Добчинскому.*) Садитесь.

Городничий и Добчинский садятся. Бобчинский выглядывает в дверь и прислушивается.

Городничий (*в сторону*). Нужно быть посмелее. Он хочет, чтобы считали его инкогнитом. Хорошо, подпустим и мы турусы; прикинемся, как будто совсем и не знаем, что он за человек. (*Вслух.*) Мы, прохаживаясь по делам должности, вот с Петром Ивановичем Добчинским, здешним помещиком, зашли нарочно в гостиницу, чтобы осведомиться, хорошо ли содержатся проезжающие, потому что я не так, как иной городничий, которому ни до чего дела нет; но я, кроме должности, еще и по христианскому человеколюбию хочу, чтобы всякому смертному оказывался хороший прием, - и вот, как будто в награду, случай доставил такое приятное знакомство.

Хлестаков. Я тоже сам очень рад. Без вас я, признаюсь, долго бы просидел здесь: совсем не знал, чем заплатить.

Городничий *(в сторону).* Да, рассказывай, не знал, чем заплатить? *(Вслух.)* Осмелюсь ли спросить: куда и в какие места ехать изволите?

Хлестаков. Я еду в Саратовскую губернию, в собственную деревню.

Городничий *(в сторону, с лицом, принимающим ироническое выражение).* В Саратовскую губернию! А? и не покраснеет! О, да с ним нужно ухо востро. *(Вслух.)* Благое дело изволили предпринять. Ведь вот относительно дороги: говорят, с одной стороны, неприятности насчет задержки лошадей, а ведь, с другой стороны, развлеченье для ума. Ведь вы, чай, больше для собственного удовольствия едете?

Хлестаков. Нет, батюшка меня требует. Рассердился старик, что до сих пор ничего не выслужил в Петербурге. Он думает, что так вот приехал да сейчас тебе Владимира в петлицу и дадут. Нет, я бы послал его самого потолкаться в канцелярию.

Городничий *(в сторону).* Прошу посмотреть, какие пули отливает! и старика отца приплел! *(Вслух.)* И на долгое время изволите ехать?

Хлестаков. Право, не знаю. Ведь мой отец упрям и глуп, старый хрен, как бревно. Я ему прямо скажу: как хотите, я не могу жить без Петербурга. За что ж, в самом деле, я должен погубить жизнь с мужиками? Теперь не те потребности, душа моя жаждет просвещения.

Городничий *(в сторону).* Славно завязал узелок! Врет, врет - и нигде не оборвется! А ведь какой невзрачный, низенький, кажется, ногтем бы придавил его. Ну, да, постой, ты у меня проговоришься. Я тебя уж заставлю побольше рассказать! *(Вслух.)* Справедливо изволили заметить. Что можно сделать в глуши? Ведь вот хоть бы здесь: ночь не спишь, стараешься для отечества, не жалеешь ничего, а награда неизвестно еще когда будет. *(Окидывает глазами комнату.)* Кажется, эта комната несколько сыра?

Хлестаков. Скверная комната, и клопы такие, каких я нигде не видывал: как собаки кусают.

Городничий. Скажите! такой просвещенный гость, и терпит - от кого же? - от каких-нибудь негодных клопов, которым бы и на свет не следовало родиться. Никак, даже темно в этой комнате?

Хлестаков. Да, совсем темно. Хозяин завел обыкновение не отпускать свечей. Иногда что-нибудь хочется сделать, почитать или придет фантазия сочинить что-нибудь, - не могу: темно, темно.

Городничий. Осмелюсь ли просить вас... но нет, я недостоин.

Хлестаков. А что?

Городничий. Нет, нет, недостоин, недостоин!

Хлестаков. Да что ж такое?

Городничий. Я бы дерзнул... У меня в доме есть прекрасная для вас комната, светлая, покойная... Но нет, чувствую сам, это уж слишком большая честь... Не рассердитесь - ей-богу, от простоты души предложил.

Хлестаков. Напротив, извольте, я с удовольствием. Мне гораздо приятнее в приватном доме, чем в этом кабаке.

Городничий. А уж я так буду рад! А уж как жена обрадуется! У меня уже такой нрав: гостеприимство с самого детства, особливо если гость просвещенный человек. Не подумайте, чтобы я говорил это из лести; нет, не имею этого порока, от полноты души выражаюсь.

Хлестаков. Покорно благодарю. Я сам тоже - я не люблю людей двуличных. Мне очень нравятся ваша откровенность и радушие, и я бы, признаюсь, больше бы ничего и не требовал, как только оказывай мне преданность и уваженье, уваженье и преданность.

ЯВЛЕНИЕ IX

Те же и трактирный слуга, сопровождаемый Осипом. Бобчинский выглядывает в дверь.

Слуга. Изволили спрашивать?

Хлестаков. Да; подай счет.

Слуга. Я уж давича подал вам другой счет.

Хлестаков. Я уж не помню твоих глупых счетов. Говори, сколько там?

Слуга. Вы изволили в первый день спросить обед, а на другой день только закусили семги и потом пошли все в долг брать.

Хлестаков. Дурак! еще начал высчитывать. Всего сколько следует?

Городничий. Да вы не извольте беспокоиться, он подождет. (*Слуге.*) Пошел вон, тебе пришлют.

Хлестаков. В самом деле, и то правда. (*Прячет деньги.*)

Слуга уходит. В дверь выглядывает **Бобчинский.**

ЯВЛЕНИЕ X

Городничий, Хлестаков, Добчинский.

Городничий. Не угодно ли будет вам осмотреть теперь некоторые заведения в нашем городе, как-то - богоугодные и другие?

Хлестаков. А что там такое?

Городничий. А так, посмотрите, какое у нас течение дел... порядок какой...

Хлестаков. С большим удовольствием, я готов.

Бобчинский выставляет голову в дверь.

Городничий. Также, если будет ваше желание, оттуда в уездное училище, осмотреть порядок, в каком преподаются у нас науки.

Хлестаков. Извольте, извольте.

Городничий. Потом, если пожелаете посетить острог и городские тюрьмы - рассмотрите, как у нас содержатся преступники.

Хлестаков. Да зачем же тюрьмы? Уж лучше мы обсмотрим богоугодные заведения.

Городничий. Как вам угодно. Как вы намерены: в своем экипаже или вместе со мною на дрожках?

Хлестаков. Да, я лучше с вами на дрожках поеду.

Городничий. *(Добчинскому).*Ну, Петр Иванович, вам теперь нет места.

Добчинский. Ничего, я так.

Городничий *(тихо, Добчинскому).* Слушайте: вы побегите, да бегом, во все лопатки и снесите две записки: одну в богоугодное заведение Землянике, а другую жене.*(Хлестакову)*Осмелюсь ли я попросить позволения написать в вашем присутствии одну строчку жене, чтоб она приготовилась к принятию почтенного гостя?

Хлестаков. Да зачем же?.. А впрочем, тут и чернила, только бумаги - не знаю... Разве на этом счете?

Городничий. Я здесь напишу.*(Пишет и в то же время говорит про себя.)* А вот посмотрим, как пойдет дело после фриштика да бутылки толстобрюшки! Да есть у нас губернская мадера: неказиста на вид, а слона повалит с ног. Только бы мне узнать, что он такое и в какой мере нужно его опасаться. *(Написавши, отдает Добчинскому, который подходит к двери, но в это время дверь обрывается, и подслушивавший с другой стороны Бобчинский летит вместе с ней на сцену. Все издают восклицания. Бобчинский подымается.)*

Хлестаков. Что? Не ушиблись ли вы где-нибудь?

Бобчинский. Ничего, ничего-с, без всякого-с помешательства, только сверх носа небольшая нашлепка! Я забегу к Христиану Ивановичу: у него-с есть пластырь такой, так вот оно и пройдет.

Городничий (делая Бобчинскому укорительный знак, Хлестакову). Это-с ничего. Прошу покорнейше, пожалуйте! А слуге вашему я скажу, чтобы перенес чемодан. (Осипу.) Любезнейший, ты перенеси все ко мне, к городничему, - тебе всякий покажет. Прошу покорнейше! (Пропускает вперед Хлестакова и следует за ним, но оборотившись, говорит с укоризной Бобчинскому.) Уж и вы! не нашли другого места упасть! И растянулся, как черт знает что такое. (Уходит; за ним Бобчинский.)

Занавес опускается.

ДЕЙСТВИЕ ТРЕТЬЕ

Комната первого действия

ЯВЛЕНИЕ I

Анна Андреевна и Марья Антоновна стоят у окна в тех же самых положениях.

Анна Андреевна. Ну вот, уж целый час дожидаемся, а все ты со своим глупым жеманством: совершенно оделась, нет, еще нужно копаться... Было бы не слушать ее вовсе. Экая досада! как нарочно, ни души! как будто бы вымерло все.

Марья Антоновна. Да, право, маменька, чрез минуты две все узнаем. Уж скоро Авдотья должна прийти. *(Всматривается в окно и вскрикивает.)* Ах, маменька, маменька! кто-то идет, вон в конце улицы.

Анна Андреевна. Где идет? У тебя вечно какие-нибудь фантазии. Ну да, идет. Кто же это идет? Небольшого роста... во фраке... Кто ж это? а? Это, однако ж, досадно! Кто ж бы это такой был?

Марья Антоновна. Это Добчинский, маменька.

Анна Андреевна. Какой Добчинский? Тебе всегда вдруг вообразится этакое... Совсем не Добчинский. *(Машет платком.)* Эй вы, ступайте сюда! скорее!

Марья Антоновна. Право, маменька, Добчинский.

Анна Андреевна. Ну вот, нарочно, чтобы только поспорить. Говорят тебе - не Добчинский.

Марья Антоновна. А что? а что, маменька? Видите, что Добчинский.

Анна Андреевна. Ну да, Добчинский, теперь я вижу, - из чего же ты споришь? *(Кричит в окно.)* Скорей, скорей! вы тихо идете. Ну что, где они? А? Да говорите же оттуда - все равно. Что? очень строгий? А? А муж, муж? *(Немного отступя от окна, с досадою.)* Такой глупый: до тех пор, пока не войдет в комнату, ничего не расскажет!

ЯВЛЕНИЕ II

Те же и Добчинский.

Анна Андреевна. Ну, скажите, пожалуйста: ну, не совестно ли вам? Я на вас одних полагалась, как на порядочного человека: все вдруг выбежали, и вы туда ж за ними! и я вот ни от кого до сих пор толку не доберусь. Не стыдно ли вам? Я у вас крестила вашего Ванечку и Лизаньку, а вы вот как со мною поступили!

Добчинский. Ей-богу, кумушка, так бежал засвидетельствовать почтение, что не могу духу перевесть. Мое почтение, Марья Антоновна!

Марья Антоновна. Здравствуйте, Петр Иванович!

Анна Андреевна. Ну что? Ну рассказывайте: что и как там?

Добчинский. Антон Антонович прислал вам записочку.

Анна Андреевна. Ну, да кто он такой? генерал?

Добчинский. Нет, не генерал, а не уступит генералу: такое образование и важные поступки-с.

Анна Андреевна. А! так это тот самый, о котором было писано мужу.

Добчинский. Настоящий. Я это первый открыл вместе с Петром Ивановичем.

Анна Андреевна. Ну, расскажите: что и как?

Добчинский. Да, слава богу, все благополучно. Сначала он принял было Антона Антоновича немного сурово, да-с;

сердился и говорил, что и в гостинице все нехорошо, и к нему не поедет, и что он не хочет сидеть за него в тюрьме; но потом, как узнал невинность Антона Антоновича и как покороче разговорился с ним, тотчас переменил мысли, и, слава богу, все пошло хорошо. Они теперь поехали осматривать богоугодные заведения... А то, признаюсь, уже Антон Антонович думали, не было ли тайного доноса; я сам тоже перетрухнул немножко.

Анна Андреевна. Да вам-то чего бояться? ведь вы не служите.

Добчинский. Да так, знаете, когда вельможа говорит, чувствуешь страх.

Анна Андреевна. Ну, что ж... это все, однако, вздор. Расскажите, каков он собою? что, стар или молод?

Добчинский. Молодой, молодой человек; лет двадцати трех: а говорит совсем так, как старик: "Извольте, говорит, я поеду и туда, и туда..." *(размахивает руками)* так это все славно. "Я, говорит, и написать, и почитать люблю, но, мешает, что в комнате, говорит, немножко темно."

Анна Андреевна. А собой каков он: брюнет или блондин?

Добчинский. Нет, больше шантрет, и глаза такие быстрые, как зверки, так в смущенье даже приводят.

Анна Андреевна. Что тут пишет он мне в записке? *(Читает.)* "Спешу тебя уведомить, душенька, что состояние мое было весьма печальное, но, уповая на милосердие божие, за два соленых огурца особенно и за полпорции икры рубль двадцать пять копеек..." *(Останавливается.)* Я ничего не понимаю, к чему же тут соленые огурцы и икра?

Добчинский. А, это Антон Антонович писали на черновой бумаге по скорости: так какой-то счет был написан.

Анна Андреевна. А, да, точно. *(Продолжает читать.)* "Но, уповая на милосердие божие, кажется, все будет к хорошему концу. Приготовь поскорее комнату для важного гостя, ту, что выклеена желтыми бумажками; к обеду прибавлять не трудись, потому что закусим в богоугодном заведении у Артемия Филипповича, а вину вели побольше; скажи купцу Абдулину, чтобы прислал самого лучшего, а не то я перерою весь его погреб. Целуя, душенька, твою ручку, остаюсь твой: Антон Сквозник-Дмухановский..." Ах, боже мой! Это, однако ж, нужно поскорей! Эй, кто там? Мишка!

Добчинский (*бежит и кричит в дверь*). Мишка! Мишка! Мишка!

Мишка входит.

Анна Андреевна. Послушай: беги к купцу Абдулину... постой, я дам тебе записочку (*садится к столу, пишет записку и между тем говорит*): эту записку ты отдай кучеру Сидору, чтоб он побежал с нею к купцу Абдулину и принес оттуда вина. А сам поди сейчас прибери хорошенько эту комнату для гостя. Там поставить кровать, рукомойник и прочее.

Добчинский. Ну, Анна Андреевна, я побегу теперь поскорее посмотреть, как там он обозревает.

Анна Андреевна. Ступайте, ступайте! я не держу вас.

ЯВЛЕНИЕ III

Анна Андреевна и Марья Антоновна.

Анна Андреевна. Ну, Машенька, нам нужно теперь заняться туалетом. Он столичная штучка: боже сохрани, чтобы чего-нибудь не осмеял. Тебе приличнее всего надеть твое голубое платье с мелкими оборками.

Марья Антоновна. Фи, маменька, голубое! Мне совсем не нравится: и Ляпкина-Тяпкина ходит в голубом, и дочь Земляники в голубом. Нет, лучше я надену цветное.

Анна Андреевна. Цветное!.. Право, говоришь - лишь бы только наперекор. Оно тебе будет гораздо лучше, потому что я хочу надеть палевое; я очень люблю палевое.

Марья Антоновна. Ах, маменька, вам нейдет палевое!

Анна Андреевна. Мне палевое нейдет?

Марья Антоновна. Нейдет, я что угодно даю, нейдет: для этого нужно, чтобы глаза были совсем темные.

Анна Андреевна. Вот хорошо! а у меня глаза разве не темные? самые темные. Какой вздор говорит! Как же не темные, когда я и гадаю про себя всегда на трефовую даму?

Марья Антоновна. Ах, маменька! вы больше червонная дама.

Анна Андреевна. Пустяки, совершенные пустяки! Я никогда не была червонная дама. (*Поспешно уходит вместе с Марьей Антоновной и говорит за сценою.*) Этакое вдруг вообразится! червонная дама! Бог знает что такое!

По уходе их отворяются двери, и **Мишка** выбрасывает из них сор. Из других дверей выходит **Осип** с чемоданом на голове.

ЯВЛЕНИЕ IV

Мишка и Осип.

Осип. Куда тут?

Мишка. Сюда, дядюшка, сюда.

Осип. Постой, прежде дай отдохнуть. Ах ты, горемычное житье! На пустое брюхо всякая ноша кажется тяжела.

Мишка. Что, дядюшка, скажите: скоро будет генерал?

Осип. Какой генерал?

Мишка. Да барин ваш.

Осип. Барин? Да какой он генерал?

Мишка. А разве не генерал?

Осип. Генерал, да только с другой стороны.

Мишка. Что ж, это больше или меньше настоящего генерала?

Осип. Больше.

Мишка. Вишь ты, как! то-то у нас сумятицу подняли.

Осип. Послушай, малый: ты, я вижу, проворный парень; приготовь-ка там что-нибудь поесть.

Мишка. Да для вас, дядюшка, еще ничего не готово. Простова блюда вы не будете кушать, а вот как барин ваш сядет за стол, так и вам того же кушанья отпустят.

Осип. Ну, а простова-то что у вас есть?

Мишка. Щи, каша и пироги.

Осип. Давай их, щи, кашу и пироги! Ничего, все будем есть. Ну, понесем чемодан! Что, там другой выход есть?

Мишка. Есть.

Оба несут чемодан в боковую комнату.

ЯВЛЕНИЕ V

Квартальные отворяют обе половинки дверей. Входит Хлестаков: за ним городничий, далее попечитель богоугодных заведений, смотритель училищ, Добчинский и Бобчинский с пластырем на носу. Городничий указывает квартальным на полу бумажку - они бегут и снимают ее, толкая друг друга впопыхах.

Хлестаков. Хорошие заведения. Мне нравится, что у вас показывают проезжающим все в городе. В других городах мне ничего не показывали.

Городничий. В других городах, осмелюсь вам доложить, градоправители и чиновники больше заботятся о своей, то есть, пользе. А здесь, можно сказать, нет другого помышления, кроме того, чтобы благочинием и бдительностью заслужить внимание начальства.

Хлестаков. Завтрак был очень хорош; я совсем объелся. Что, у вас каждый день бывает такой?

Городничий. Нарочно для приятного гостя.

Хлестаков. Я люблю поесть. Ведь на то живешь, чтобы срывать цветы удовольствия. Как называлась эта рыба?

Артемий Филиппович (*подбегая*). Лабардан-с.

Хлестаков. Очень вкусная. Где это мы завтракали? в больнице, что ли?

Артемий Филиппович. Так точно-с, в богоугодном заведении.

Хлестаков. Помню, помню, там стояли кровати. А больные выздоровели? там их, кажется, немного.

Артемий Филиппович. Человек десять осталось, не больше; а прочие все выздоровели. Это уж так устроено, такой порядок. С тех пор, как я принял начальство, - может быть, вам покажется даже невероятным, - все как мухи выздоравливают. Больной не успеет войти войти в лазарет, как уже здоров; и не столько медикаментами, сколько честностью и порядком.

Городничий. Уж на что, осмелюсь доложить вам, головоломна обязанность градоначальника! Столько лежит всяких дел, относительно одной чистоты, починки, поправки... словом, наиумнейший человек пришел бы в затруднение, но, благодарение богу, все идет благополучно. Иной городничий, конечно, радел бы о своих выгодах; но, верите ли, что, даже когда ложишься спать, все думаешь: "Господи боже ты мой, как бы так устроить, чтобы начальство увидело мою ревность и было довольно?.." Наградит ли оно или нет - конечно, в его воле; по крайней мере, я буду спокоен в сердце. Когда в городе во всем порядок, улицы выметены, арестанты хорошо содержатся, пьяниц мало... то чего ж мне больше? Ей-ей, и почестей никаких не хочу. Оно, конечно, заманчиво, но пред добродетелью все прах и суета.

Артемий Филиппович (*в сторону*). Эка, бездельник, как расписывает! Дал же бог такой дар!

Хлестаков. Это правда. Я, признаюсь, сам люблю иногда заумствоваться: иной раз прозой, а в другой раз и стишки выкинутся.

Бобчинский *(Добчинскому)*. Справедливо, все справедливо, Петр Иванович! Замечания такие... видно, что наукам учился.

Хлестаков. Скажите, пожалуйста, нет ли у вас каких-нибудь развлечений, обществ, где бы можно было, например, поиграть в карты?

Городничий *(в сторону)*. Эге, знаем, голубчик, в чей огород камешки бросают! *(Вслух.)* Боже сохрани! здесь и слуху нет о таких обществах. Я карт и в руки никогда не брал; даже не знаю, как играть в эти карты. Смотреть никогда не мог на них равнодушно; и если случится увидеть этак какого-нибудь бубнового короля или что-нибудь другое, то такое омерзение нападет, что просто плюнешь. Раз как-то случилось, забавляя детей, выстроил будку из карт, да после того всю ночь снились, проклятые. Бог с ними! Как можно, чтобы такое драгоценное время убивать на них?

Лука Лукич *(в сторону)*. А у меня, подлец, выпонтировал вчера сто рублей.

Городничий. Лучше ж я употреблю это время на пользу государственную.

Хлестаков. Ну, нет, вы напрасно, однако же... Все зависит от той стороны, с которой кто смотрит на вещь. Если, например, забастуешь тогда, как нужно гнуть от трех углов... ну, тогда конечно... Нет, не говорите, иногда очень заманчиво поиграть.

ЯВЛЕНИЕ VI

Те же, Анна Андреевна и Марья Антоновна.

Городничий. Осмелюсь представить семейство мое: жена и дочь.

Хлестаков *(раскланиваясь)*. Как я счастлив, сударыня, что имею в своем роде удовольствие вас видеть.

Анна Андреевна. Нам еще более приятно видеть такую особу.

Хлестаков *(рисуясь)*. Помилуйте, сударыня, совершенно напротив: мне еще приятнее.

Анна Андреевна. Как можно-с! Вы это так изволите говорить, для комплимента. Прошу покорно садиться.

Хлестаков. Возле вас стоять уже есть счастие; впрочем, если вы так уже непременно хотите, я сяду. Как я счастлив, что наконец сижу возле вас.

Анна Андреевна. Помилуйте, я никак не смею принять на свой счет... Я думаю, после столицы вояжировка вам показалась очень неприятною.

Хлестаков. Чрезвычайно неприятна. Привыкши жить, comprenez vous, в свете, и вдруг очутиться в дороге: грязные трактиры, мрак невежества... Если б, признаюсь, не такой случай, который меня... *(посматривает на Анну Андреевну и рисуется перед ней)* так вознаградил за все...

Анна Андреевна. В самом деле, как вам должно быть неприятно.

Хлестаков. Впрочем, сударыня, в эту минуту мне очень приятно.

Анна Андреевна. Как можно-с! Вы делаете много чести. Я этого не заслуживаю.

Хлестаков. Отчего же не заслуживаете?

Анна Андреевна. Я живу в деревне...

Хлестаков. Да деревня, впрочем, тоже имеет свои пригорки, ручейки... Ну, конечно, кто же сравнит с Петербургом! Эх, Петербург! что за жизнь, право! Вы, может быть, думаете, что я только переписываю; нет, начальник отделения со мной на дружеской ноге. Этак ударит по плечу: "Приходи, братец, обедать!" Я только на две минуты захожу в департамент, с тем только, чтобы сказать: "Это вот так, это вот так!" А там уж чиновник для письма, этакая крыса, пером только - тр, тр... пошел писать. Хотели было даже меня коллежским асессором сделать, да, думаю, зачем. И сторож летит еще на лестнице за мною со щеткою: "Позвольте, Иван Александрович, я вам, говорит, сапоги почищу". (*Городничему.*) Что вы, господа, стоите? Пожалуйста, садитесь!

Вместе.{ **Городничий**. Чин такой, что еще можно постоять.

Артемий Филиппович. Мы постоим.

Лука Лукич. Не извольте беспокоиться.

Хлестаков. Без чинов, прошу садиться.

Городничий и все садятся.

Хлестаков. Я не люблю церемонии. Напротив, я даже всегда стараюсь проскользнуть незаметно. Но никак нельзя скрыться, никак нельзя! Только выйду куда-нибудь, уж и говорят: "Вон, говорят, Иван Александрович идет!" А один раз меня даже приняли за главнокомандующего: солдаты выскочили из гауптвахты и сделали ружьем. После уже офицер, который мне очень знаком, говорит мне: "Ну, братец, мы тебя совершенно приняли за главнокомандующего".

Анна Андреевна. Скажите как!

Хлестаков. С хорошенькими актрисами знаком. Я ведь тоже разные водевильчики... Литераторов часто вижу. С Пушкиным на дружеской ноге. Бывало, часто говорю ему: "Ну что, брат Пушкин?" - "Да так, брат, - отвечает, бывало, - так как-то все..." Большой оригинал.

Анна Андреевна. Так вы и пишете? Как это должно быть приятно сочинителю! Вы, верно, и в журналы помещаете?

Хлестаков. Да, и в журналы помещаю. Моих, впрочем, много есть сочинений: "Женитьба Фигаро", "Роберт-Дьявол", "Норма". Уж и названий даже не помню. И все случаем: я не хотел писать, но театральная дирекция говорит: "Пожалуйста, братец, напиши что-нибудь". Думаю себе: "Пожалуй, изволь братец!" И тут же в один вечер, кажется, все написал, всех изумил. У меня легкость необыкновенная в мыслях. Все это, что было под именем барона Брамбеуса, "Фрегат Надежды" и "Московский телеграф"... все это я написал.

Анна Андреевна. Скажите, так это вы были Брамбеус?

Хлестаков. Как же, я им всем поправляю статьи. Мне Смирдин дает за это сорок тысяч.

Анна Андреевна. Так, верно, и "Юрий Милославский" ваше сочинение?

Хлестаков. Да, это мое сочинение.

Марья Антоновна. Ах, маменька, там написано, что это господина Загоскина сочинение.

Анна Андреевна. Ну вот: я и знала, что даже здесь будешь спорить.

Хлестаков. Ах да, это правда, это точно Загоскина; а вот есть другой "Юрий Милославский", так тот уж мой.

Анна Андреевна. Ну, это, верно, я ваш читала. Как хорошо написано!

Хлестаков. Я, признаюсь, литературой существую. У меня дом первый в Петербурге. Так уж и известен: дом Ивана Александровича. *(Обращаясь ко всем.)* Сделайте милость, господа, если будете в Петербурге, прошу, прошу ко мне. Я ведь тоже балы даю.

Анна Андреевна. Я думаю, с каким там вкусом и великолепием дают балы!

Хлестаков. Просто не говорите. На столе, например, арбуз - в семьсот рублей арбуз. Суп в кастрюльке прямо на пароходе приехал из Парижа; откроют крышку - пар, которому подобного нельзя отыскать в природе. Я всякий день на балах. Там у нас и вист свой составился: министр иностранных дел, французский посланник, английский, немецкий посланник и я. И уж так уморишься, играя, что просто ни на что не похоже. Как взбежишь по лестнице к себе на четвертый этаж - скажешь только кухарке: "На, Маврушка, шинель..." Что ж я вру - я и позабыл, что живу в бельэтаже. У меня одна лестница сто'ит... А любопытно взглянуть ко мне в переднюю, когда я еще не проснулся: графы и князья толкутся и жужжат там, как шмели, только и слышно: ж... ж... ж... Иной раз и министр...

Городничий и прочие с робостью встают со своих стульев.

Мне даже на пакетах пишут: "ваше превосходительство". Один раз я даже управлял департаментом. И странно: директор уехал, - куда уехал, неизвестно. Ну, натурально, пошли толки: как, что, кому занять место? Многие из генералов находились охотники и брались, но подойдут, бывало, - нет, мудрено. Кажется, и легко на вид, а рассмотришь - просто черт возьми! После видят, нечего делать, - ко мне. И в ту же минуту по улицам курьеры, курьеры, курьеры... можете представить себе, тридцать пять тысяч одних курьеров! Каково положение? - я спрашиваю. "Иван Александрович ступайте департаментом управлять!" Я, признаюсь, немного смутился, вышел в халате: хотел отказаться, но думаю: дойдет до государя, ну да и послужной список тоже... "Извольте, господа, я принимаю должность, я принимаю, говорю, так и быть, говорю, я принимаю, только уж у меня: ни, ни, ни!.. Уж у меня ухо востро! уж я..." И точно: бывало, как прохожу через департамент, - просто землетрясенье, все дрожит и трясется как лист.

Городничий и прочие трясутся от страха. Хлестаков горячится еще сильнее.

О! я шутить не люблю. Я им всем задал острастку. Меня сам государственный совет боится. Да что в самом деле? Я такой! я не посмотрю ни на кого... я говорю всем: "Я сам себя знаю, сам." Я везде, везде. Во дворец всякий день езжу. Меня завтра же произведут сейчас в фельдмарш... *(Поскальзывается и чуть-чуть не шлепается на пол, но с почтением поддерживается чиновниками.)*

Городничий *(подходя и трясясь всем телом, силится выговорить)*. А ва-ва-ва... ва...

Хлестаков *(быстрым, отрывистым голосом)*. Что такое?

Городничий. А ва-ва-ва... ва...

Хлестаков *(таким же голосом)*. Не разберу ничего, все вздор.

Городничий. Ва-ва-ва... шество, превосходительство, не прикажете ли отдохнуть?.. вот и комната, и все что нужно.

Хлестаков. Вздор - отдохнуть. Извольте, я готов отдохнуть. Завтрак у вас, господа, хорош... Я доволен, я доволен. *(С* *декламацией.)* Лабардан! лабардан! *(Входит в боковую комнату, за ним городничий.)*

ЯВЛЕНИЕ VII

Те же, кроме Хлестакова и городничего.

Бобчинский *(Добчинскому).* Вот это, Петр Иванович, человек-то! Вот оно, что значит человек! В жисть не был в присутствии столь важной персоны, чуть не умер со страху. Как вы думаете, Петр Иванович, кто он такой в рассуждении чина?

Добчинский. Я думаю, чуть ли не генерал.

Бобчинский. А я так думаю, что генерал-то ему и в подметки не станет! а когда генерал, то уж разве сам генералиссимус. Слышали: государственный-то совет как прижал? Пойдем расскажем поскорее Аммосу Федоровичу и Коробкину. Прощайте, Анна Андреевна!

Добчинский. Прощайте, кумушка!

Оба уходят.

Артемий Филиппович *(Луке Лукичу).* Страшно просто. А отчего, и сам не знаешь. А мы даже и не в мундирах. Ну что, как проспится да в Петербург махнет донесение? *(Уходит в задумчивости вместе со смотрителем училищ, произнеся:)* Прощайте, сударыня!

ЯВЛЕНИЕ VIII

Анна Андреевна и Марья Антоновна.

Анна Андреевна. Ах, какой приятный!

Марья Антоновна. Ах, какой милашка!

Анна Андреевна. Но только какое тонкое обращение! сейчас можно увидеть столичную штучку. Приемы и все это такое... Ах, как хорошо! Я страх люблю таких молодых людей! я просто без памяти. Я, однако ж, ему очень понравилась: я заметила - все на меня поглядывал.

Марья Антоновна. Ах, маменька, он на меня глядел!

Анна Андреевна. Пожалуйста, со своим вздором подальше! Это здесь вовсе не уместно.

Марья Антоновна. Нет, маменька, право!

Анна Андреевна. Ну вот! Боже сохрани, чтобы не поспорить! нельзя, да и полно! Где ему смотреть на тебя? И с какой стати ему смотреть на тебя?

Марья Антоновна. Право, маменька, все смотрел. И как начал говорить о литературе, то взглянул на меня, и потом, когда рассказывал, как играл в вист с посланниками, и тогда посмотрел на меня.

Анна Андреевна. Ну, может быть, один какой-нибудь раз, да и то так уж, лишь бы только. "А, - говорит себе, - дай уж посмотрю на нее!"

ЯВЛЕНИЕ IX

Те же и городничий.

Городничий (*входит на цыпочках*). Чш... ш...

Анна Андреевна. Что?

Городничий. И не рад, что напоил. Ну что, если хоть одна половина из того, что он говорил, правда? (*Задумывается.*) Да как же и не быть правде? Подгулявши, человек все несет наружу: что на сердце, то и на языке. Конечно, прилгнул немного; да ведь не прилгнувши не говорится никакая речь. С министрами играет и во дворец ездит... Так вот, право, чем больше думаешь... черт его знает, не знаешь, что и делается в голове; просто как будто или стоишь на какой-нибудь колокольне, или тебя хотят повесить.

Анна Андреевна. А я никакой совершенно не ощутила робости; я видела в нем образованного, светского, высшего тона человека, а о чинах его мне и нужды нет.

Городничий. Ну, уж вы - женщины! Все кончено, одного этого слова достаточно! Вам все - финтирлюшки! Вдруг брякнут ни из того ни из другого словцо. Вас посекут, да и только, а мужа и поминай как звали. Ты, душа моя, обращалась с ним так свободно, будто с каким-нибудь Добчинским.

Анна Андреевна. Об этом уж я советую вам не беспокоиться. Мы кой-что знаем такое... (*Посматривает на дочь.*)

Городничий (*один*). Ну, уж с вами говорить!.. Эка в самом деле оказия! До сих пор не могу очнуться от страха. (*Отворяет дверь и говорит в дверь.*) Мишка, позови квартальных Свистунова и Держиморду: они тут недалеко где-нибудь за воротами. (*После небольшого молчания.*) Чудно все завелось теперь на свете: хоть бы народ-то уж был видный, а то худенький, тоненький - как его узнаешь, кто он? Еще военный все-таки кажет из себя, а как наденет фрачишку - ну точно муха с подрезанными крыльями. А ведь долго крепился давеча к трактире, заламливал такие аллегории и екивоки, что, кажись, век бы не добился толку. А вот наконец и подался. Да еще наговорил больше, чем нужно. Видно, что человек молодой.

ЯВЛЕНИЕ X

Те же и Осип. Все бегут к нему навстречу, кивая пальцами.

Анна Андреевна. Подойди сюда, любезный!

Городничий. Чш!.. что? что? спит?

Осип. Нет еще, немножко потягивается.

Анна Андреевна. Послушай, как тебя зовут?

Осип. Осип, сударыня.

Городничий *(жене и дочери)*. Полно, полно вам! *(Осипу.)* Ну что, друг, тебя накормили хорошо?

Осип. Накормили, покорнейше благодарю; хорошо накормили.

Анна Андреевна. Ну что, скажи: к твоему барину слишком, я думаю, много ездит графов и князей?

Осип *(в сторону)*. А что говорить? Коли теперь накормили хорошо, значит, после еще лучше накормят. *(Вслух.)* Да, бывают и графы.

Марья Антоновна. Душенька Осип, какой твой барин хорошенький!

Анна Андреевна. А что, скажи, пожалуйста, Осип, как он...

Городничий. Да перестаньте, пожалуйста! Вы этакими пустыми речами только мне мешаете! Ну что, друг?..

Анна Андреевна. А чин какой на твоем барине?

Осип. Чин обыкновенно какой.

Городничий. Ах, боже мой, вы все с своими глупыми расспросами! не дадите ни слова поговорить о деле. Ну что, друг, как твой барин?.. строг? любит этак распекать или нет?

Осип. Да, порядок любит. Уж ему чтоб все было в исправности.

Городничий. А мне очень нравится твое лицо. Друг, ты должен быть хороший человек. Ну что...

Анна Андреевна. Послушай, Осип, а как барин твой там, в мундире ходит, или ...

Городничий. Полно вам, право, трещотки какие! Здесь нужная вещь: дело идет о жизни человека... *(К Осипу.)* Ну что,

50

друг, право, мне ты очень нравишься. В дороге не мешает, знаешь, чайку выпить лишний стаканчик, - оно теперь холодновато. Так вот тебе пара целковиков на чай.

Осип *(принимая деньги.)* А покорнейше благодарю, сударь. Дай бог вам всякого здоровья! бедный человек, помогли ему.

Городничий. Хорошо, хорошо, я и сам рад. А что, друг...

Анна Андреевна. Послушай, Осип, а какие глаза больше всего нравятся твоему барину?

Марья Антоновна. Осип, душенька, какой миленький носик у твоего барина!..

Городничий. Да постойте, дайте мне!.. *(К Осипу.)* А что, друг, скажи, пожалуйста: на что больше барин твой обращает внимание, то есть что ему в дороге больше нравится?

Осип. Любит он, по рассмотрению, что как придется. Больше всего любит, чтобы его приняли хорошо, угощение чтоб было хорошее.

Городничий. Хорошее?

Осип. Да, хорошее. Вот уж на что я крепостной человек, но и то смотрит, чтобы и мне было хорошо. Ей-богу! Бывало, заедем куда-нибудь: "Что, Осип, хорошо тебя угостили?" - "Плохо, ваше высокоблагородие!" - "Э, говорит, это Осип, нехороший хозяин. Ты, говорит, напомни мне, как приеду". - "А, - думаю себе *(махнув рукою)*, - бог с ним! я человек простой".

Городничий. Хорошо, хорошо, и дело ты говоришь. Там я тебе дал на чай, так вот еще сверх того на баранки.

Осип. За что жалуете, ваше высокоблагородие? *(Прячет деньги.)* Разве уж выпью за ваше здоровье.

Анна Андреевна. Приходи, Осип, ко мне, тоже получишь.

Марья Антоновна. Осип, душенька, поцелуй своего барина!

Слышен из другой комнаты небольшой кашель Хлестакова.

Городничий. Чш! (*Поднимается на цыпочки; вся сцена вполголоса*). Боже вас сохрани шуметь! Идите себе! полно уж вам...

Анна Андреевна. Пойдем, Машенька! я тебе скажу, что я заметила у гостя такое, что нам вдвоем только можно сказать.

Городничий. О, уж там наговорят! Я думаю, поди только да послушай - и уши потом заткнешь. (*Обращаясь к Осипу.*) Ну, друг...

ЯВЛЕНИЕ X

Те же, Держиморда и Свистунов.

Городничий. Чш! экие косолапые медведи - стучат сапогами! Так и валится, как будто сорок пуд сбрасывает кто-нибудь с телеги! Где вас черт таскает?

Держиморда. Был по приказанию...

Городничий. Чш! (*Закрывает ему рот.*) Эк как каркнула ворона! (*Дразнит его.*) Был по приказанию! Как из бочки, так рычит. (*К Осипу.*) Ну, друг, ты ступай приготовляй там, что нужно для барина. Все, что ни есть в доме, требуй.

Осип уходит.

Городничий. А вы - стоять на крыльце, и ни с места! И никого не пускать в дом стороннего, особенно купцов! Если хоть одного из них впустите, то... Только увидите, что идет кто-нибудь с просьбою, а хоть и не с просьбою, да похож на такого человека, что хочет подать на меня просьбу, взашей так прямо и толкайте! так его! хорошенько! (*Показывает ногою.*) Слышите? Чш... чш... (*Уходит на цыпочках вслед за квартальными.*)

ДЕЙСТВИЕ ЧЕТВЕРТОЕ

Та же комната в доме городничего

ЯВЛЕНИЕ I

*Входят осторожно, почти на цыпочках: **Аммос Федорович,** **Артемий** **Филиппович,** **почтмейстер,** **Лука Лукич,** **Добчинский** и **Бобчинский,** в полном параде и мундирах.*

Вся сцена происходит вполголоса.

Аммос Федорович (*строит всех полукружием*). Ради бога, господа, скорее в кружок, да побольше порядку! Бог с ним: и во дворец ездит, и государственный совет распекает! Стройтесь на военную ногу, непременно на военную ногу! Вы, Петр Иванович, забегите с этой стороны, а вы, Петр Иванович, станьте вот тут.

Оба Петра Ивановича забегают на цыпочках.

Артемий Филиппович. Воля ваша, Аммос Федорович, нам нужно бы кое-что предпринять.

Аммос Федорович. А что именно?

Артемий Филиппович. Ну, известно что.

Аммос Федорович. Подсунуть?

Артемий Филиппович. Ну да, хоть и подсунуть.

Аммос Федорович. Опасно, черт возьми! раскричится: государственный человек. А разве в виде приношенья со стороны дворянства на какой-нибудь памятник?

Почтмейстер. Или же: "вот, мол, пришли по почте деньги, неизвестно кому принадлежащие".

Артемий Филиппович. Смотрите, чтобы он вас по почте не отправил куда-нибудь подальше. Слушайте: эти дела так не делаются в благоустроенном государстве. Зачем нас здесь целый эскадрон? Представиться нужно поодиночке, да между четырех глаз и того... как там следует - чтобы и уши не слыхали. Вот как в обществе благоустроенном делается! Ну, вот вы, Аммос Федорович, первый и начните.

Аммос Федорович. Так лучше ж вы: в вашем заведении высокий посетитель вкусил хлеба.

Артемий Филиппович. Так уж лучше Луке Лукичу, как просветителю юношества.

Лука Лукич. Не могу, не могу, господа. Я, признаюсь, так воспитан, что, заговори со мною одним чином кто-нибудь повыше, у меня просто и души нет и язык как в грязь завязнул. Нет, господа, увольте, право увольте!

Артемий Филиппович. Да, Аммос Федорович, кроме вас, некому. У вас что ни слово, то Цицерон с языка слетел.

Аммос Федорович. Что вы! что вы: Цицерон! Смотрите, что выдумали! Что иной раз увлечешься, говоря о домашней своре или гончей ищейке...

Все (*пристают к нему.*) Нет, вы не только о собаках, вы и о столпотворении... Нет, Аммос Федорович, не оставляйте нас, будьте отцом нашим!.. Нет, Аммос Федорович!

Аммос Федорович. Отвяжитесь, господа!

В это время слышны шаги и откашливание в комнате Хлестакова. Все спешат наперерыв к дверям, толпятся и стараются выйти, что происходит не без того, чтобы не притиснули кое-кого.

Раздаются вполголоса восклицания:

Голос Бобчинского. Ой, Петр Иванович, Петр Иванович! наступили на ногу!

Голос Земляники. Отпустите, господа, хоть душу на покаяние - совсем прижали!

54

ЯВЛЕНИЕ II

Хлестаков один, выходит с заспанными глазами.

Я, кажется, всхрапнул порядком. Откуда они набрали таких тюфяков и перин? даже вспотел. Кажется, они вчера мне подсунули чего-то за завтраком: в голове до сих пор стучит. Здесь, как я вижу, можно с приятностию проводить время. Я люблю радушие, и мне, признаюсь, больше нравится, если мне угождают от чистого сердца, а не то чтобы из интереса. А дочка городничего очень недурна, да и матушка такая, что еще можно бы... Нет, я не знаю, а мне, право, нравится, такая жизнь.

ЯВЛЕНИЕ III

Хлестаков и Аммос Федорович.

Аммос Федорович (*входя и останавливаясь, про себя.*) Боже, боже! вынеси благополучно; так вот коленки и ломает. (*Вслух, вытянувшись и придерживая рукой шпагу.*) Имею честь представиться: судья здешнего уездного суда, коллежский асессор Ляпкин-Тяпкин.

Хлестаков. Прошу садиться. Так вы здесь судья?

Аммос Федорович. С восемьсот шестнадцатого был избран на трехлетие по воле дворянства и продолжал должность до сего времени.

Хлестаков. А выгодно, однако же, быть судьею?

Аммос Федорович. За три трехлетия представлен к

Владимиру четвертой степени с одобрения со стороны начальства. *(В сторону.)* А деньги в кулаке, да кулак-то весь в огне.

Хлестаков. А мне нравится Владимир. Вот Анна третьей степени уже не так.

Аммос Федорович *(высовывая понемногу вперед сжатый кулак. В сторону.)* Господи боже! не знаю, где сижу. Точно горячие угли под тобою.

Хлестаков. Что это у вас в руке?

Аммос Федорович *(потерявшись и роняя на пол ассигнации.)* Ничего-с.

Хлестаков. Как ничего? Я вижу, деньги упали.

Аммос Федорович *(дрожа всем телом.)* Никак нет-с. *(В сторону.)* О боже, вот я уже и под судом! и тележку подвезли схватить меня!

Хлестаков *(подымая.)* Да, это деньги.

Аммос Федорович *(в сторону.)* Ну, все кончено - пропал! пропал!

Хлестаков. Знаете ли что? дайте их мне взаймы.

Аммос Федорович *(поспешно.)* Как же-с, как же-с... с большим удовольствием. *(В сторону.)* Ну, смелее, смелее! Вывози, пресвятая матерь!

Хлестаков. Я, знаете, в дороге издержался: то да се... Впрочем, я вам из деревни сейчас их пришлю.

Аммос Федорович. Помилуйте, как можно! и без этого такая честь... Конечно, слабыми моими силами, рвением и усердием к начальству... постараюсь заслужить... *(Приподымается со стула, вытянувшись и руки по швам.)* Не смею более беспокоить своим присутствием. Не будет ли какого приказанья?

Хлестаков. Какого приказанья?

Аммос Федорович. Я разумею, не дадите ли какого приказанья здешнему уездному суду?

Хлестаков. Зачем же? Ведь мне никакой нет теперь в нем надобности.

Аммос Федорович *(раскланиваясь и уходя, в сторону.)* Ну, город наш!

Хлестаков *(по уходе его.)* Судья - хороший человек.

ЯВЛЕНИЕ IV

Хлестаков и почтмейстер, входит вытянувшись, в мундире, придерживая шпагу.

Почтмейстер. Имею честь представиться: почтмейстер, надворный советник Шпекин.

Хлестаков. А, милости просим. Я очень люблю приятное общество. Садитесь. Вы ведь здесь всегда живете?

Почтмейстер. Так точно-с.

Хлестаков. А мне нравится здешний городок. Конечно, не так многолюдно - ну что ж? Ведь это не столица. Не правда ли, ведь это не столица?

Почтмейстер. Совершенная правда.

Хлестаков. Ведь это только в столице бонтон и нет провинциальных гусей. Как ваше мнение, не так ли?

Почтмейстер. Так точно-с. *(В сторону.)* А он, однако ж, ничуть не горд; обо всем расспрашивает.

Хлестаков. А ведь, однако ж, признайтесь, ведь и в маленьком городке можно прожить счастливо?

Почтмейстер. Так точно-с.

Хлестаков. По моему мнению, что нужно? Нужно только, чтобы тебя уважали, любили искренне, - не так ли?

Почтмейстер. Совершенно справедливо.

Хлестаков. Я, признаюсь, рад, что вы одного мнения со мною. Меня, конечно, назовут странным, но уж у меня такой характер. *(Глядя в глаза ему, говорит про себя.)* А попрошу-ка я у этого почтмейстера взаймы! *(Вслух.)* Какой странный со мною случай: в дороге совершенно поиздержался. Не можете ли вы мне дать триста рублей взаймы?

Почтмейстер. Почему же? почту за величайшее счастие. Вот-с, извольте. От души готов служить.

Хлестаков. Очень благодарен. А я, признаться, смерть не люблю отказывать себе в дороге, да и к чему? Не так ли?

Почтмейстер. Так точно-с. *(Встает, вытягивается и придерживает шпагу.)* Не смея долее беспокоить своим присутствием... Не будет ли какого замечания по части почтового управления?

Хлестаков. Нет, ничего.

Почтмейстер раскланивается и уходит.

(Раскуривая сигарку.) Почтмейстер, мне кажется, тоже очень хороший человек. По крайней мере, услужлив. Я люблю таких людей.

ЯВЛЕНИЕ V

Хлестаков и Лука Лукич, который почти выталкивается из дверей. Сзади его слышен голос почти вслух: "Чего робеешь?"

Лука Лукич *(вытягиваясь не без трепета.)* Имею честь представиться: смотритель училищ, титулярный советник Хлопов.

Хлестаков. А, милости просим! Садитесь, садитесь. Не хотите ли сигарку? *(Подает ему сигару.)*

Лука Лукич (*про себя, в нерешимости.*) Вот тебе раз! Уж этого никак не предполагал. Брать или не брать?

Хлестаков. Возьмите, возьмите; это порядочная сигарка. Конечно, не то, что в Петербурге. Там, батюшка, я куривал сигарочки по двадцати пяти рублей сотенка, просто ручки потом себе поцелуешь, как выкуришь. Вот огонь, закурите. (*Подает ему свечу.*)

Лука Лукич пробует закурить и весь дрожит.

Да не с того конца!

Лука Лукич (*от испуга выронил сигару, плюнул и, махнув рукою, про себя.*) Черт побери все! сгубила проклятая робость!

Хлестаков. Вы, как я вижу, не охотник до сигарок. А я признаюсь: это моя слабость. Вот еще насчет женского полу, никак не могу быть равнодушен. Как вы? Какие вам больше нравятся - брюнетки или блондинки?

Лука Лукич находится в совершенном недоумении, что сказать.

Нет, скажите откровенно: брюнетки или блондинки?

Лука Лукич. Не смею знать.

Хлестаков. Нет, нет, не отговаривайтесь! Мне хочется узнать непременно ваш вкус.

Лука Лукич. Осмелюсь доложить... (*В сторону.*) Ну, и сам не знаю, что говорю.

Хлестаков. А! а! не хотите сказать. Верно, уж какая-нибудь брюнетка сделала вам маленькую загвоздочку. Признайтесь, сделала?

Лука Лукич молчит.

А! а! покраснели! Видите! видите! Отчего ж вы не говорите?

Лука Лукич. Оробел, ваше бла... преос... сият... (*В сторону.*) Продал проклятый язык, продал!

Хлестаков. Оробели? А в моих глазах точно есть что-то такое, что внушает робость. По крайней мере, я знаю, что ни одна женщина не может их выдержать, не так ли?

Лука Лукич. Так точно-с.

Хлестаков. Вот со мной престранный случай: в дороге совсем издержался. Не можете ли вы мне дать триста рублей взаймы?

Лука Лукич (*хватаясь за карманы, про себя*). Вот те штука, если нет! Есть, есть! (*Вынимает и, подает, дрожа, ассигнации.*)

Хлестаков. Покорнейше благодарю.

Лука Лукич (*вытягиваясь и придерживая шпагу.*) Не смею долее беспокоить присутствием.

Хлестаков. Прощайте.

Лука Лукич (*летит вон почти бегом и говорит в сторону.*) Ну, слава богу! авось не заглянет в классы!

ЯВЛЕНИЕ VI

Хлестаков и Артемий Филиппович, вытянувшись и придерживая шпагу.

Артемий Филиппович. Имею честь представиться: попечитель богоугодных заведений, надворный советник Земляника.

Хлестаков. Здравствуйте, прошу покорно садиться.

Артемий Филиппович. Имел честь сопровождать вас и принимать лично во вверенных моему смотрению богоугодных заведениях.

Хлестаков. А, да! помню. Вы очень хорошо угостили завтраком.

Артемий Филиппович. Рад стараться на службу отечеству.

Хлестаков. Я - признаюсь, это моя слабость, - люблю хорошую кухню. Скажите, пожалуйста, мне кажется, как будто бы вчера вы были немножко ниже ростом, не правда ли?

Артемий Филиппович. Очень может быть. (*Помолчав.*) Могу сказать, что не жалею ничего и ревностно исполняю службу. (*Придвигается ближе с своим стулом и говорит вполголоса.*) Вот здешний почтмейстер совершенно ничего не делает: все дела в большом запущении, посылки задерживаются... извольте сами нарочно разыскать. Судья тоже, который только что был перед моим приходом, ездит только за зайцами, в присутственных местах держит собак и поведения, если признаться пред вами, - конечно, для пользы отечества я должен это сделать, хотя он мне родня и приятель, - поведения самого предосудительного. Здесь есть один помещик, Добчинский, которого вы изволили видеть; и как только этот Добчинский куда-нибудь выйдет из дому, то он там уж и сидит у жены его, я присягнуть готов... И нарочно посмотрите на детей: ни одно из них не похоже на Добчинского, но все, даже девочка маленькая, как вылитый судья.

Хлестаков. Скажите пожалуйста! а я никак этого не думал.

Артемий Филиппович. Вот и смотритель здешнего училища... Я не знаю, как могло начальство поверить ему такую должность: он хуже, чем якобинец, и такие внушает юношеству неблагонамеренные правила, что даже выразить трудно. Не прикажете ли, я все это изложу лучше на бумаге?

Хлестаков. Хорошо, хоть на бумаге. Мне очень будет приятно. Я, знаете, этак люблю в скучное время прочесть что-нибудь забавное... Как ваша фамилия? я все позабываю.

Артемий Филиппович. Земляника.

Хлестаков. А, да! Земляника. И что ж, скажите, пожалуйста, есть ли у вас детки?

Артемий Филиппович. Как же-с, пятеро; двое уже взрослых.

Хлестаков. Скажите, взрослых! А как они... как они того?..

Артемий Филиппович. То есть не изволите ли вы спрашивать, как их зовут?

Хлестаков. Да, как их зовут?

Артемий Филиппович. Николай, Иван, Елизавета, Марья и Перепетуя.

Хлестаков. Это хорошо.

Артемий Филиппович. Не смея беспокоить своим присутствием, отнимать время, определенного на священные обязанности... (*Раскланивается с тем, чтобы уйти.*)

Хлестаков (*провожая.*) Нет, ничего. Это все очень смешно, что вы говорили. Пожалуйста, и в другое тоже время... Я это очень люблю. (*Возвращается и, отворивши дверь, кричит вслед ему.*) Эй, вы! как вас? я все позабываю, как ваше имя и отчество.

Артемий Филиппович. Артемий Филиппович.

Хлестаков. Сделайте милость, Артемий Филиппович, со мной странный случай: в дороге совершенно поиздержался. Нет ли у вас взаймы денег - рублей четыреста?

Артемий Филиппович. Есть.

Хлестаков. Скажите, как кстати. Покорнейше вас благодарю.

ЯВЛЕНИЕ VII

Хлестаков, Бобчинский и Добчинский.

Бобчинский. Имею честь представиться: житель здешнего города, Петр Иванов сын Бобчинский.

Добчинский. Помещик Петр Иванов сын Добчинский.

Хлестаков. А, да я уж вас видел. Вы, кажется, тогда упали? Что, как ваш нос?

Бобчинский. Слава богу! не извольте беспокоиться: присох, теперь совсем присох.

Хлестаков. Хорошо, что присох. Я рад... *(Вдруг и отрывисто.)* Денег нет у вас?

Бобчинский. Денег? как денег?

Хлестаков *(громко и скоро).* Взаймы рублей тысячу.

Бобчинский. Такой суммы, ей-богу, нет. А нет ли у вас, Петр Иванович?

Добчинский. При мне-с не имеется, потому что деньги мои, если изволите знать, положены в приказ общественного призрения.

Хлестаков. Да, ну если тысячи нет, так рублей сто.

Бобчинский *(шаря в карманах).* У вас, Петр Иванович, нет ста рублей? У меня всего сорок ассигнациями.

Добчинский. *(смотря в бумажник.)* Двадцать пять рублей всего.

Бобчинский. Да вы поищите-то получше, Петр Иванович! У вас там, я знаю, в кармане-то с правой стороны прореха, так в прореху-то, верно, как-нибудь запали.

Добчинский. Нет, право, и в прорехе нет.

Хлестаков. Ну, все равно. Я ведь только так. Хорошо, пусть будет шестьдесят пять рублей. Это все равно. *(Принимает деньги.)*

Добчинский. Я осмеливаюсь попросить вас относительно одного очень тонкого обстоятельства.

Хлестаков. А что это?

Добчинский. Дело очень тонкого свойства-с: старший-то сын мой, изволите видеть, рожден мною еще до брака.

Хлестаков. Да?

Добчинский. То есть оно только так говорится, а он рожден мною так совершенно, как бы и в браке, и все это, как следует, я завершил потом законными-с узами супружества-с. Так я, изволите видеть, хочу, чтоб он теперь уже был совсем, то есть, законным моим сыном-с и назывался бы так, как я: Добчинский-с.

Хлестаков. Хорошо, пусть называется! Это можно.

Добчинский. Я бы и не беспокоил вас, да жаль насчет способностей. Мальчишка-то этакой... большие надежды подает: наизусть стихи расскажет и, если где попадется ножик, сейчас сделает маленькие дрожечки так искусно, как фокусник-с. Вот и Петр Иванович знает.

Бобчинский. Да, большие способности имеет.

Хлестаков. Хорошо, хорошо! Я об этом постараюсь, я буду говорить... я надеюсь... все это будет сделано, да, да... *(Обращаясь к Бобчинскому.)* Не имеете ли и вы чего-нибудь сказать мне?

Бобчинский. Как же, имею очень нижайшую просьбу.

Хлестаков. А что, о чем?

Бобчинский. Я прошу вас покорнейше, как поедете в Петербург, скажите всем там вельможам разным: сенаторам и адмиралам, что вот, ваше сиятельство, живет в таком-то городе Петр Иванович Бобчинский. Так и скажите: живет Петр Иванович Бобчинский.

Хлестаков. Очень хорошо.

Бобчинский. Да если этак и государю придется, то скажите и государю, что вот, мол, ваше императорское величество, в таком-то городе живет Петр Иванович Бобчинский.

Хлестаков. Очень хорошо.

Добчинский. Извините, что так утрудили вас своим присутствием.

Бобчинский. Извините, что так утрудили вас своим присутствием.

Хлестаков. Ничего, ничего! Мне очень приятно. *(Выпроваживает их.)*

ЯВЛЕНИЕ VIII

Хлестаков один.

Здесь много чиновников. Мне кажется, однако ж, что они меня принимаю за государственного человека. Верно, я вчера им подпустил пыли. Экое дурачье! Напишу-ку я обо всем в Петербург к Тряпичкину: он пописывает статейки - пусть-ка он их общелкает хорошенько. Эй, Осип, подай мне бумагу и чернила!

Осип выглянул из дверей, произнесши: "Сейчас".

А уж Тряпичкину, точно, если кто попадет на зубок, - берегись: отца родного не пощадит для словца, и деньгу тоже любит. Впрочем, чиновники эти добрые люди; это с их стороны хорошая черта, что они мне дали взаймы. Пересмотрю нарочно, сколько у меня денег. Это от судьи триста; это от почтмейстера триста, шестьсот, семьсот, восемьсот... Какая замасленная бумажка! Восемьсот, девятьсот... Ого! За тысячу перевалило... Ну-ка, теперь, капитан, ну-ка, попадись-ка ты мне теперь! Посмотрим, кто кого!

ЯВЛЕНИЕ IX

Хлестаков и Осип с чернилами и бумагою.

Хлестаков. Ну что, видишь, дурак, как меня угощают и принимают? *(Начинает писать.)*

Осип. Да, слава богу! Только знаете что, Иван Александрович?

Хлестаков *(пишет)*. А что?

Осип. Уезжайте отсюда. Ей-богу, уже пора.

Хлестаков *(пишет)*. Вот вздор! Зачем?

Осип. Да так. Бог с ними со всеми! Погуляли здесь два денька - ну и довольно. Что с ними долго связываться? Плюньте на них! не ровен час, какой-нибудь другой наедет... ей-богу, Иван Александрович! А лошади тут славные - так бы закатили!..

Хлестаков *(пишет)*. Нет, мне еще хочется пожить здесь. Пусть завтра.

Осип. Да что завтра! Ей-богу, поедем, Иван Александрович! Оно хоть и большая честь вам, да все, знаете, лучше уехать скорее: ведь вас, право, за кого-то другого приняли... И батюшка будет гневаться, что так замешкались. Так бы, право, закатили славно! А лошадей бы важных здесь дали.

Хлестаков *(пишет)*. Ну, хорошо. Отнеси только наперед это письмо; пожалуй, вместе и подорожную возьми. Да зато, смотри, чтоб лошади хорошие были! Ямщикам скажи, что я буду давать по целковому; чтобы так, как фельдъегеря, катили и песни бы пели!.. *(Продолжает писать.)* Воображаю, Тряпичкин умрет со смеху...

Осип. Я, сударь, отправлю его с человеком здешним, а сам лучше буду укладываться, чтоб не прошло понапрасну время.

Хлестаков *(пишет)*. Хорошо. Принеси только свечу.

Осип *(выходит и говорит за сценой.)* Эй, послушай, брат! Отнесешь письмо на почту, и скажи почтмейстеру, чтоб он принял без денег; да скажи, чтоб сейчас привели к барину самую лучшую тройку, курьерскую; а прогону, скажи, барин не плотит: прогон, мол, скажи, казенный. Да чтоб все живее, а не то, мол, барин сердится. Стой, еще письмо не готово.

Хлестаков *(продолжает писать)*. Любопытно знать, где он теперь живет - в Почтамтской или Гороховой? Он ведь тоже любит часто переезжать с квартиры на квартиру и недоплачивать. Напишу наудалую в Почтамтскую. *(Свертывает и надписывает.)*

Осип приносит свечу. Хлестаков печатает. В это время слышен голос Держиморды: "Куда лезешь, борода? Говорят тебе, никого не велено пускать".

(Дает Осипу письмо.) На, отнеси.

Голоса купцов. Допустите, батюшка! Вы не можете не допустить: мы за делом пришли.

Голос Держиморды. Пошел, пошел! Не принимает, спит.

Шум увеличивается.

Что там такое, Осип? Посмотри, что за шум.

Осип *(глядя в окно.)* Купцы какие-то хотят войти, да не допускает квартальный. Машут бумагами: верно, вас хотят видеть.

Хлестаков *(подходя к окну.)* А что вы, любезные?

Голоса купцов. К твоей милости, прибегаем. Прикажи, государь, просьбу принять.

Хлестаков. Впустите их, впустите! пусть идут. Осип, скажи им: пусть идут.

Осип уходит.

(Принимает из окна просьбы, развертывает одну из них и читает:) "Его высокоблагородному светлости господину финансову от купца Абдулина..." Черт знает что: и чина такого нет!

ЯВЛЕНИЕ X

Хлестаков и купцы с кузовом вина и сахарными головами.

Хлестаков. А что вы, любезные?

Купцы. Челом бьем вашей милости!

Хлестаков. А что вам угодно?

Купцы. Не погуби, государь! Обижательство терпим совсем понапрасну.

Хлестаков. От кого?

Один из купцов. Да все от городничего здешнего. Такого городничего никогда еще, государь, не было. Такие обиды чинит, что описать нельзя. Постоем совсем заморил, хоть в петлю полезай. Не по поступкам поступает. Схватит за бороду, говорит: "Ах ты, татарин!" Ей-богу! Если бы, то есть, чем-нибудь не уважили его, а то мы уж порядок всегда исполняем: что следует на платья супружнице его и дочке - мы против этого не стоим. Нет, вишь ты, ему всего этого мало - ей-ей! Придет в лавку и, что ни попадет, все берет. Сукна увидит штуку, говорит: "Э, милый, это хорошее суконце: снеси-ка его ко мне". Ну и несешь, а в штуке-то будет без мала аршин пятьдесят.

Хлестаков. Неужели? Ах, какой же он мошенник!

Купцы. Ей-богу! такого никто не запомнит городничего. Так все и припрятываешь в лавке, когда его завидишь. То есть, не то уж говоря, чтоб какую деликатность, всякую дрянь берет: чернослив такой, что лет уже по семи лежит в бочке, что у меня сиделец не будет есть, а он целую горсть туда запустит. Именины его бывают на Антона, и уж, кажись, всего нанесешь, ни в чем не нуждается; нет, ему еще подавай: говорит, и на Онуфрия его именины.

Хлестаков. Да это просто разбойник!

Купцы. Ей-ей! А попробуй прекословить, наведет к тебе в дом целый полк на постой. А если что, велит запереть двери. "Я тебя, говорит, не буду, говорит, подвергать телесному наказанию или пыткой пытать - это, говорит, запрещено законом, а вот ты у меня, любезный, поешь селедки!"

Хлестаков. Ах, какой мошенник! Да за это просто в Сибирь.

Купцы. Да уж куда милость твоя не запровадит его, все будет хорошо, лишь бы, то есть, от нас подальше. Не побрезгай, отец наш, хлебом и солью: кланяемся тебе сахарком и кузовком вина.

Хлестаков. Нет, вы этого не думайте: я не беру совсем

никаких взяток. Вот если бы вы, например, предложили мне взаймы рублей триста - ну, тогда совсем дело другое: взаймы я могу взять.

Купцы. Изволь, отец наш! *(Вынимают деньги.)* Да что триста! Уж лучше пятьсот возьми, помоги только.

Хлестаков. Извольте: взаймы - я ни слова, я возьму.

Купцы *(подносят ему на серебряном подносе деньги.)* Уж, пожалуйста, и подносит вместе возьмите.

Хлестаков. Ну, и подносик можно.

Купцы *(кланяясь).* Так уж возьмите за одним разом и сахарцу.

Хлестаков. О нет, я взяток никаких...

Осип. Ваше высокоблагородие! зачем вы не берете? Возьмите! в дороге все пригодится. Давай сюда головы и кулек! Подавай все! все пойдет впрок. Что там? веревочка? Давай и веревочку, - и веревочка в дороге пригодится: тележка обломается или что другое, подвязать можно.

Купцы. Так уж сделайте такую милость, ваше сиятельство. Если уже вы, то есть, не поможете в нашей просьбе, то уж не знаем, как и быть: просто хоть в петлю полезай.

Хлестаков. Непременно, непременно! Я постараюсь.

Купцы уходят. Слышен голос женщины: "Нет, ты не смеешь не допустить меня! Я на тебя нажалуюсь ему самому. Ты не толкайся так больно!"

Кто там? *(Подходит к окну.)* А, что ты, матушка?

Голоса двух женщин. Милости твоей, отец, прошу! Повели, государь, выслушать!

Хлестаков *(в окно).* Пропустить ее.

ЯВЛЕНИЕ XI

Хлестаков, слесарша и унтер-офицерша.

Слесарша *(кланяясь в ноги)*. Милости прошу...

Унтер-офицерша. Милости прошу...

Хлестаков. Да что вы за женщины?

Унтер-офицерша. Унтер-офицерская жена Иванова.

Слесарша. Слесарша, здешняя мещанка, Февронья Петрова Пошлепкина, отец мой...

Хлестаков. Стой, говори прежде одна. Что тебе нужно?

Слесарша. Милости прошу: на городничего челом бью! Пошли ему бог всякое зло! Что ни детям его, ни ему, мошеннику, ни дядьям, ни теткам его ни в чем никакого прибытку не было!

Хлестаков. А что?

Слесарша. Да мужу-то моему приказал забрить лоб в солдаты, и очередь-то на нас не припадала, мошенник такой! да и по закону нельзя: он женатый.

Хлестаков. Как же он мог это сделать?

Слесарша. Сделал мошенник, сделал - побей бог его на том и на этом свете! Чтобы ему, если и тетка есть, то и тетке всякая пакость, и отец если жив у него, то чтоб и он, каналья, околел или поперхнулся навеки, мошенник такой! Следовало взять сына портного, он же и пьянюшка был, да родители богатый подарок дали, так он и присыкнулся к сыну купчихи Пантелеевой, а Пантелеева тоже подослала к супруге полотна три штуки; так он ко мне. "На что, говорит, тебе муж? он уж тебе не годится". Да я-то знаю - годится или не годится; это мое дело, мошенник такой! "Он, говорит, вор; хоть он теперь и не украл, да все равно, говорит, он украдет, его и без того на следующий год возьмут в рекруты". Да мне-то каково без мужа, мошенник такой! Я слабый человек, подлец ты такой! Чтоб

70

всей родне твоей не довелось видеть света божьего! А если есть теща, то чтоб и теще...

Хлестаков. Хорошо, хорошо. Ну, а ты? *(Выпровожает старуху.)*

Слесарша *(уходя.)* Не позабудь, отец наш! будь милостив!

Унтер-офицерша. На городничего, батюшка, пришла...

Хлестаков. Ну, да что, зачем? говори в коротких словах.

Унтер-офицерша. Высек, батюшка!

Хлестаков. Как?

Унтер-офицерша. По ошибке, отец мой! Бабы-то наши задрались на рынке, а полиция не подоспела да схвати меня. Да так отрапортовали: два дни сидеть не могла.

Хлестаков. Так что ж теперь делать?

Унтер-офицерша. Да делать-то, конечно, нечего. А за ошибку-то повели ему заплатить штрафт. Мне от своего счастья неча отказываться, а деньги бы мне теперь очень пригодились.

Хлестаков. Хорошо, хорошо. Ступайте, ступайте! я распоряжусь.

В окно высовываются руки с просьбами.

Да кто там еще? *(Подходит к окну.)* Не хочу, не хочу! Не нужно, не нужно! *(Отходя.)* Надоели, черт возьми! Не впускай, Осип!

Осип *(кричит в окно).* Пошли, пошли! Не время, завтра приходите!

Дверь отворяется, и выставляется какая-то фигура во фризовой шинели, с небритою бородою, раздутою губою и перевязанной щекою; за нею в перспективе показывается несколько других.

Пошел, пошел! чего лезешь? *(Упирается первому руками в брюхо и выпирается вместе с ним в прихожую, захлопнув за собою дверь.)*

71

ЯВЛЕНИЕ XII

Хлестаков и Марья Антоновна.

Марья Антоновна. Ах!

Хлестаков. Отчего вы так испугались, сударыня?

Марья Антоновна. Нет, я не испугалась.

Хлестаков *(рисуется.)* Помилуйте, сударыня, мне очень приятно, что вы меня приняли за такого человека, который... Осмелюсь ли спросить вас: куда вы намерены были идти?

Марья Антоновна. Право, я никуда не шла.

Хлестаков. Отчего же, например, вы никуда не шли?

Марья Антоновна. Я думала, не здесь ли маменька...

Хлестаков. Нет, мне хотелось бы знать, отчего вы никуда не шли?

Марья Антоновна. Я вам помешала. Вы занимались важными делами.

Хлестаков *(рисуется.)* А ваши глаза лучше, нежели важные дела... Вы никак не можете мне помешать, никаким образом не можете; напротив того, вы можете принести удовольствие.

Марья Антоновна. Вы говорите по-столичному.

Хлестаков. Для такой прекрасной особы, как вы. Осмелюсь ли быть так счастлив, чтобы предложить вам стул? но нет, вам должно не стул, а трон.

Марья Антоновна. Право, я не знаю... мне так нужно было идти. *(Села.)*

Хлестаков. Какой у вас прекрасный платочек!

Марья Антоновна. Вы насмешники, лишь бы только посмеяться над провинциальными.

Хлестаков. Как бы я желал, сударыня, быть вашим платочком, чтобы обнимать вашу лилейную шейку.

Марья Антоновна. Я совсем не понимаю, о чем вы говорите: какой-то платочек... Сегодня какая странная погода!

Хлестаков. А ваши губки, сударыня, лучше, нежели всякая погода.

Марья Антоновна. Вы все эдакое говорите... Я бы вас попросила, чтоб вы мне написали лучше на память какие-нибудь стишки в альбом. Вы, верно, их знаете много.

Хлестаков. Для вас, сударыня, все что хотите. Требуйте, какие стихи вам?

Марья Антоновна. Какие-нибудь эдакие - хорошие, новые.

Хлестаков. Да что стихи! я много их знаю.

Марья Антоновна. Ну, скажите же, какие же вы мне напишете?

Хлестаков. Да к чему же говорить? я и без того их знаю.

Марья Антоновна. Я очень люблю их...

Хлестаков. Да у меня много их всяких. Ну, пожалуй, я вам хоть это: "О ты, что в горести напрасно на бога ропщешь, человек!.." Ну и другие... теперь не могу припомнить; впрочем, это все ничего. Я вам лучше вместо этого представлю мою любовь, которая от вашего взгляда... *(Придвигая стул.)*

Марья Антоновна. Любовь! Я не понимаю любовь... я никогда и не знала, что за любовь... *(Отодвигая стул.)*

Хлестаков *(придвигая стул)*. Отчего ж вы отдвигаете свой стул? Нам лучше будет сидеть близко друг к другу.

Марья Антоновна *(отдвигаясь)*. Для чего ж близко? все равно и далеко.

Хлестаков *(придвигаясь)*. Отчего ж далеко? все равно и близко

Марья Антоновна *(отдвигается)*. Да к чему ж это?

Хлестаков (*придвигаясь*). Да ведь вам только кажется, что близко; а вы вообразите себе, что далеко. Как бы я был счастлив, сударыня, если б мог прижать вас в свои объятия.

Марья Антоновна (*смотрит в окно*). Что это там как будто бы полетело? Сорока или какая другая птица?

Хлестаков (*целует ее в плечо и смотрит в окно.*) Это сорока.

Марья Антоновна (*встает в негодовании.*) Нет, это уж слишком... Наглость такая!..

Хлестаков (*удерживая ее*). Простите, сударыня, я это сделал от любви, точно от любви.

Марья Антоновна. Вы почитаете меня за такую провинциалку... (*Силится уйти.*)

Хлестаков (*продолжая удерживать ее.*) Из любви, право, из любви. Я так только, пошутил, Марья Антоновна, не сердитесь! Я готов на коленках просить у вас прощения. (*Падает на колени.*) Простите же, простите! Вы видите, я на коленях.

ЯВЛЕНИЕ XIII

Те же и Анна Андреевна.

Анна Андреевна (*увидев Хлестакова на коленях*). Ах, какой пассаж!

Хлестаков (*вставая*) А, черт возьми!

Анна Андреевна (*дочери*). Это что значит, сударыня! Это что за поступки такие?

Марья Антоновна. Я, маменька...

Анна Андреевна. Поди прочь отсюда! слышишь: прочь, прочь! И не смей показываться на глаза.

Марья Антоновна уходит в слезах.

Анна Андреевна. Извините, я, признаюсь, приведена в такое изумление...

Хлестаков *(в сторону).* А она тоже очень аппетитна, очень недурна. *(Бросается на колени.)* Сударыня, вы видите, я сгораю от любви.

Анна Андреевна. Как, вы на коленях? Ах, встаньте, встаньте! здесь пол совсем нечист.

Хлестаков Нет, на коленях, непременно на коленях! Я хочу знать, что такое мне суждено: жизнь или смерть.

Анна Андреевна. Но позвольте, я еще не понимаю вполне значения слов. Если не ошибаюсь, вы делаете декларацию насчет моей дочери?

Хлестаков Нет, я влюблен в вас. Жизнь моя на волоске. Если вы не увенчаете постоянную любовь мою, то я недостоин земного существования. С пламенем в груди прошу руки вашей.

Анна Андреевна. Но позвольте заметить: я в некотором роде... я замужем.

Хлестаков Это ничего! Для любви нет различия; и Карамзин сказал: "Законы осуждают". Мы удалимся под сень струй... Руки вашей, руки прошу!

ЯВЛЕНИЕ XIV

Те же и Марья Антоновна, вдруг вбегает.

Марья Антоновна. Маменька, папенька сказал, чтобы вы... *(Увидя Хлестакова на коленях, вскрикивает.)* Ах, какой пассаж!

Анна Андреевна. Ну что ты? к чему? зачем? Что за ветреность такая! Вдруг вбежала, как угорелая кошка. Ну что ты нашла такого удивительного? Ну что тебе вздумалось?

Право, как дитя какое-нибудь трехлетнее. Не похоже, не похоже, совершенно не похоже на то, чтобы ей было восемнадцать лет. Я не знаю, когда ты будешь благоразумнее, когда ты будешь вести себя, как прилично благовоспитанной девице; когда ты будешь знать, что такое хорошие правила и солидность в поступках.

Марья Антоновна (*сквозь слезы*). Я, право, маменька, не знала...

Анна Андреевна. У тебя вечно какой-то сквозной ветер разгуливает в голове; ты берешь пример с дочерей Ляпкина-Тяпкина. Что тебе глядеть на них? не нужно тебе глядеть на них. Тебе есть примеры другие - перед тобою мать твоя. Вот каким примерам ты должна следовать.

Хлестаков (*схватывая за руку дочь*). Анна Андреевна, не противьтесь нашему благополучию, благословите постоянную любовь!

Анна Андреевна (*с изумлением*). Так вы в нее?..

Хлестаков. Решите: жизнь или смерть?

Анна Андреевна. Ну вот видишь, дура, ну вот видишь: из-за тебя, этакой дряни, гость изволил стоять на коленях; а ты вдруг вбежала как сумасшедшая. Ну вот, право, стоит, чтобы я нарочно отказала: ты недостойна такого счастия.

Марья Антоновна. Не буду, маменька. Право, вперед не буду.

ЯВЛЕНИЕ XV

Те же и городничий впопыхах.

Городничий. Ваше превосходительство! не погубите! не погубите!

Хлестаков. Что с вами?

Городничий. Там   купцы   жаловались   вашему

превосходительству. Честью уверяю, и наполовину нет того, что они говорят. Они сами обманывают и обмеривают народ. Унтер-офицерша налгала вам, будто бы я ее высек; она врет, ей-богу, врет. Она сама себя высекла.

Хлестаков. Провались унтер-офицерша - мне не до нее!

Городничий. Не верьте, не верьте! Это такие лгуны... им вот эдакой ребенок не поверит. Они уж и всему городу известны за лгунов. А насчет мошенничества, осмелюсь доложить: это такие мошенники, каких свет не производил.

Анна Андреевна. Знаешь ли ты, какой чести удостоивает нас Иван Александрович? Он просит руки нашей дочери.

Городничий. Куда! куда!.. Рехнулась, матушка! Не извольте гневаться, ваше превосходительство: она немного с придурью, такова же была и мать ее.

Хлестаков. Да, я точно прошу руки. Я влюблен.

Городничий. Не могу верить, ваше превосходительство!

Анна Андреевна. Да когда говорят тебе?

Хлестаков. Я не шутя вам говорю... Я могу от любви свихнуть с ума.

Городничий. Не смею верить, не достоин такой чести.

Хлестаков. Да, если вы не согласитесь отдать руки Марьи Антоновны, то я черт знает что готов...

Городничий. Не могу верить: изволите шутить, ваше превосходительство!

Анна Андреевна. Ах, какой чурбан в самом деле! Ну, когда тебе толкуют?

Городничий. Не могу верить.

Хлестаков. Отдайте, отдайте! Я отчаянный человек, я решусь на все: когда застрелюсь, вас под суд отдадут.

Городничий. Ах, боже мой! Я, ей-ей, не виноват ни душою, ни телом. Не извольте гневаться! Извольте поступать так, как вашей милости угодно! У меня, право, в голове теперь... я и сам не знаю, что делается. Такой дурак теперь сделался, каким еще никогда не бывал.

Анна Андреевна. Ну, благословляй!

Хлестаков подходит с Марьей Антоновной.

Городничий. Да благословит вас бог, а я не виноват.

Хлестаков целуется с Марьей Антоновной. Городничий смотрит на них.

Что за черт! в самом деле! *(Протирает глаза.)* Целуются! Ах, батюшки, целуются! Точный жених! *(Вскрикивает, подпрыгивая от радости.)* Ай, Антон! Ай, Антон! Ай, городничий! Вона, как дело-то пошло!

ЯВЛЕНИЕ XVI

Те же и Осип.

Осип. Лошади готовы.

Хлестаков. А, хорошо... я сейчас.

Городничий. Как-с? Изволите ехать?

Хлестаков. Да, еду.

Городничий. А когда же, то есть... вы изволили сами намекнуть насчет, кажется, свадьбы?

Хлестаков. А это... На одну минуту только... на один день к дяде - богатый старик; а завтра же и назад.

Городничий. Не смеем никак удерживать, в надежде благополучного возвращения.

Хлестаков. Как же, как же, я вдруг. Прощайте, любовь моя...

нет, просто не могу выразить! Прощайте, душенька! (*Целует ее ручку.*)

Городничий. Да не нужно ли вам в дорогу чего-нибудь? Вы изволили, кажется, нуждаться в деньгах?

Хлестаков. О нет, к чему это? (*Немного подумав.*) А впрочем, пожалуй.

Городничий. Сколько угодно вам?

Хлестаков. Да вот тогда вы дали двести, то есть не двести, а четыреста, - я не хочу воспользоваться вашею ошибкою, - так, пожалуй, и теперь столько же, чтобы уже ровно было восемьсот.

Городничий. Сейчас! (*Вынимает из бумажника.*) Еще, как нарочно, самыми новенькими бумажками.

Хлестаков. А, да! (*Берет и рассматривает ассигнации.*) Это хорошо. Ведь это, говорят, новое счастье, когда новенькими бумажками.

Городничий. Так точно-с.

Хлестаков. Прощайте, Антон Антонович! Очень обязан за ваше гостеприимство. Я признаюсь от всего сердца: мне нигде не было такого хорошего приема. Прощайте, Анна Андреевна! Прощайте, моя душенька Марья Антоновна!

Выходят.

За сценой:

Голос Хлестакова. Прощайте, ангел души моей Марья Антоновна!

Голос городничего. Как же это вы? прямо так на перекладной и едете?

Голос Хлестакова. Да, я привык уж так. У меня голова болит от рессор.

Голос ямщика. Тпр...

Голос городничего. Так, по крайней мере, чем-нибудь

застлать, хотя бы ковриком. Не прикажете ли, я велю подать коврик?

Голос Хлестакова. Нет, зачем? это пустое; а впрочем, пожалуй, пусть дают коврик.

Голос городничего. Эй, Авдотья! ступай в кладовую, вынь ковер самый лучший - что по голубому полю, персидский. Скорей!

Голос ямщика. Тпр...

Голос городничего. Когда же прикажете ожидать вас?

Голос Хлестакова. Завтра или послезавтра.

Голоса Осипа. А, это ковер? давай его сюда, клади вот так! Теперь давай-ка с этой стороны сена.

Голос ямщика. Тпр...

Голоса Осипа. Вот с этой стороны! сюда! еще! хорошо. Славно будет. (*Бьет рукою по ковру.*) Теперь садитесь, ваше благородие!

Голос Хлестакова. Прощайте, Антон Антонович!

Голос городничего. Прощайте, ваше превосходительство!

Женские голоса. Прощайте, Иван Александрович!

Голос Хлестакова. Прощайте, маменька!

Голос ямщика. Эй вы, залетные!

Колокольчик звенит. Занавес опускается.

ДЕЙСТВИЕ ПЯТОЕ

Та же комната

ЯВЛЕНИЕ I

Городничий, Анна Андреевна и Марья Антоновна.

Городничий. Что, Анна Андреевна? а? Думала ли ты что-нибудь об этом? Этой богатый приз, канальство! Ну, признайся откровенно: тебе и во сне не виделось - просто из какой-нибудь городничихи и вдруг... фу ты, канальство!..с каким дьяволом породнилась!

Анна Андреевна. Совсем нет; я давно это знала. Это тебе в диковинку, потому что ты простой человек, никогда не видел порядочных людей.

Городничий. Я сам, матушка, порядочный человек. Однако ж, право, как подумаешь, Анна Андреевна, какие мы с тобой теперь птицы сделались! а, Анна Андреевна? Высокого полета, черт побери! Постой же, теперь я задам перцу все этим охотникам подавать просьбы и доносы. Эй, кто там?

*Входит **квартальный**.*

А, это ты, Иван Карпович! Призови-ка сюда, брат, купцов! Вот я их, каналий! Так жаловаться на меня? Вишь ты, проклятый иудейский народ! Постойте ж, голубчики! Прежде я вас кормил до усов только, а теперь накормлю до бороды. Запиши всех, кто только ходил бить челом на меня, и вот этих больше всего писак, писак, которые закручивали им просьбы. Да объяви всем, чтоб знали: что вот, дискать, какую честь бог послал городничему, - что выдает дочь свою не то чтобы за какого-нибудь простого человека, а за такого, что и на свете еще не было, что может все сделать, все, все, все! Всем объяви, чтобы все знали. Кричи во весь народ, валяй в колокола, черт возьми! Уж когда торжество, так торжество!

Квартальный уходит.

Так вот как, Анна Андреевна, а? Как же мы теперь, где будем жить? здесь или в Питере?

Анна Андреевна. Натурально, в Петербурге. Как можно здесь оставаться!

Городничий. Ну, в Питере так в Питере; а оно хорошо бы и здесь. Что, ведь, я думаю, уже городничество тогда к черту, а, Анна Андреевна?

Анна Андреевна. Натурально, что за городничество!

Городничий. Ведь оно, как ты думаешь, Анна Андреевна, теперь можно большой чин зашибить, потому что он запанибрата со всеми министрами и во дворец ездит, так поэтому может такое производство сделать, что со временем и в генералы влезешь. Как ты думаешь, Анна Андреевна: можно влезть в генералы?

Анна Андреевна. Еще бы! конечно, можно.

Городничий. А, черт возьми, славно быть генералом! Кавалерию повесят тебе через плечо. А какую кавалерию лучше, Анна Андреевна: красную или голубую?

Анна Андреевна. Уж конечно, голубую лучше.

Городничий. Э? вишь, чего захотела! хорошо и красную. Ведь почему хочется быть генералом? - потому что, случится, поедешь куда-нибудь - фельдъегеря и адъютанты поскачут везде вперед: "Лошадей!" И там на станциях никому не дадут, все дожидается: все эти титулярные, капитаны, городничие, а ты себе и в ус не дуешь. Обедаешь где-нибудь у губернатора, а там - стой, городничий! Хе, хе, хе! *(Заливается и помирает со смеху.)* Вот что, канальство, заманчиво!

Анна Андреевна. Тебе все такое грубое нравится. Ты должен помнить, что жизнь нужно совсем переменить, что твои знакомые будут не то что какой-нибудь судья-собачник, с которым ты ездишь травить зайцев, или Земляника; напротив, знакомые твои будут с самым тонким обращением: графы и все светские... Только я, право, боюсь за тебя: ты иногда вымолвишь такое словцо, какого в хорошем обществе никогда не услышишь.

Городничий. Что ж? ведь слово не вредит.

Анна Андреевна. Да хорошо, когда ты был городничим. А там ведь жизнь совсем другая.

Городничий. Да, там, говорят есть две рыбицы: ряпушка и корюшка, такие, что только слюнка потечет, как начнешь есть.

Анна Андреевна. Ему все бы только рыбки! Я не иначе хочу, чтоб наш дом был первый в столице и чтоб у меня в комнате такое было амбре, чтоб нельзя было войти и нужно было только этак зажмурить глаза. (*Зажмуривает глаза и нюхает.*) Ах, как хорошо!

ЯВЛЕНИЕ II

Те же и купцы.

Городничий. А! Здорово, соколики!

Купцы (*кланяясь*). Здравия желаем, батюшка!

Городничий. Что, голубчики, как поживаете? как товар идет ваш? Что, самоварники, аршинники, жаловаться? Архиплуты, протобестии, надувалы мирские! жаловаться? Что, много взяли? Вот, думают, так в тюрьму его и засадят!.. Знаете ли вы, семь чертей и одна ведьма вам в зубы, что...

Анна Андреевна. Ах, боже мой, какие ты, Антоша, слова отпускаешь!

Городничий (*с неудовольствием*). А, не до слов теперь! Знаете ли, что тот самый чиновник, которому вы жаловались, теперь женится на моей дочери? Что? а? что теперь скажете? Теперь я вас... у!.. обманываете народ... Сделаешь подряд с казною, на сто тысяч надуешь ее, поставивши гнилого сукна, да потом пожертвуешь двадцать аршин, да и давай тебе еще награду за это? Да если б знали, так бы тебе... И брюхо сует вперед: он купец, его не тронь. "Мы, говорит, и дворянам не уступим". Да дворянин... ах ты, рожа! - дворянин учится наукам: его хоть и секут в школе, да за дело, чтоб он знал полезное. А ты что? - начинаешь плутнями, тебя хозяин бьет за

83

то, что не умеешь обманывать. Еще мальчишка, "Отче наша" не знаешь, а уж обмериваешь; а как разопрет тебе брюхо да набьешь себе карман, так и заважничал! Фу ты, какая невидаль! Оттого, что ты шестнадцать самоваров выдуешь в день, так оттого и важничаешь? Да я плевать на твою голову и на твою важность!

Купцы *(кланяясь).* Виноваты, Антон Антонович!

Городничий. Жаловаться? А кто тебе помог сплутовать, когда ты строил мост и написал дерева на двадцать тысяч, тогда как его и на сто рублей не было? Я помог тебе, козлиная борода! Ты позабыл это? Я, показавши это на тебя, мог бы тебя также спровадить в Сибирь. Что скажешь? а?

Купцы. Богу виноваты, Антон Антонович! Лукавый попутал. И закаемся вперед жаловаться. Уж какое хошь удовлетворение, не гневись только!

Городничий. Не гневись! Вот ты теперь валяешься у ног моих. Отчего? - оттого, что мое взяло; а будь хоть немножко на твоей стороне, так ты бы меня, каналья, втоптал по самую грязь, еще бы и бревном сверху навалил.

Купцы *(кланяются в ноги).* Не погуби, Антон Антонович!

Городничий. Не погуби! Теперь: не погуби! а прежде что? Я бы вас... *(Махнув рукой.)* Ну, да бог простит! полно! Я не памятозлобен; только теперь смотри держи ухо востро! Я выдаю дочку не за какого-нибудь простого дворянина: чтоб поздравление было... понимаешь? не то чтоб отбояриться каким-нибудь балычком или головою сахару... Ну, ступай с богом!

Купцы уходят.

ЯВЛЕНИЕ III

Те же, Аммос Федорович, Артемий Филиппович, потом Растаковский.

Аммос Федорович *(еще в дверях.)* Верить ли слухам, Антон Антонович? к вам привалило необыкновенное счастие?

Артемий Филиппович. Имею честь поздравить с необыкновенным счастием. Я душевно обрадовался, когда услышал. *(Подходит к ручке Анны Андреевны.)* Анна Андреевна! *(Подходя к ручке Марьи Антоновны.)* Марья Антоновна!

Растаковский(входит). Антона Антоновича поздравляю. Да продлит бог жизнь вашу и новой четы и даст вам потомство многочисленное внучат и правнучат! Анна Андреевна! *(Подходит к ручке Анны Андреевны.)* Марья Антоновна! *(Подходит к ручке Марьи Антоновны.)*

ЯВЛЕНИЕ IV

Те же, Коробкин с женою, Люлюков.

Коробкин. Имею честь поздравить Антона Антоновича! Анна Андреевна! *(Подходит к ручке Анны Андреевны.)* Марья Антоновна! *(Подходит к ее ручке.)*

Жена Коробкина. Душевно поздравляю вас, Анна Андреевна, с новым счастием.

Люлюков. Имею честь поздравить, Анна Андреевна! *(Подходит к ручке и потом, обратившись к зрителям, щелкает языком с видом удальства.)* Марья Антоновна! Имею честь поздравить. *(Подходит к ее ручке и обращается к зрителям с тем же удальством.)*

ЯВЛЕНИЕ V

Множество гостей в сюртуках и фраках подходят сначала к ручке Анны Андреевны, говоря: "Анна Андреевна!" - потом к Марье Антоновне, говоря: "Марья Антоновна!". Бобчинский и Добчинский проталкиваются.

Бобчинский. Имею честь поздравить!

Добчинский. Антон Антонович! имею честь поздравить!

Бобчинский. С благополучным происшествием!

Добчинский. Анна Андреевна!

Бобчинский. Анна Андреевна!

Оба подходят в одно и то же время и сталкиваются лбами.

Добчинский. Марья Антоновна! *(Подходит к ручке.)* Честь имею поздравить. Вы будете в большом, большом счастии, в золотом платье и ходить и деликатные разные супы кушать; очень забавно будете проводить время.

Бобчинский *(перебивая).* Марья Антоновна, имею честь поздравить! Да бог вам всякого богатства, червонцев и сынка-с этакого маленького, вон энтакого-с *(показывает рукою)*, что можно было на ладонку посадить, да-с! Все будет мальчишка кричать: уа! уа! уа!..

ЯВЛЕНИЕ VI

Еще несколько гостей, подходящих к ручкам. Лука Лукич с женою.

Лука Лукич. Имею честь...

Жена Луки Лукича (*бежит вперед*). Поздравляю вас, Анна Андреевна!

Целуются.

А я так, право, обрадовалась. Говорят мне: "Анна Андреевна выдает дочку". "Ах, боже мой!" - думаю себе, и так обрадовалась, что говорю мужу: "Послушай, Луканчик, вот так счастие Анне Андреевне!" "Ну, - думаю себе, - слава богу!" И говорю ему: "Я так восхищена, что сгораю нетерпением изъявить лично Анне Андреевне..." "Ах, боже мой! - думаю себе, - Анна Андреевна именно ожидала хорошей партии для своей дочери, а вот теперь такая судьба: именно так сделалось, как она хотела", - и так, право, обрадовалась, что не могла говорить. Плачу, плачу, просто рыдаю. Уже Лука Лукич говорит: "отчего ты, Настенька, рыдаешь?" - "Луканчик, говорю, я и сама не знаю, слезы так вот рекой и льются".

Городничий. Покорнейше прошу садиться, господа! Эй, Мишка, принеси сюда побольше стульев.

Гости садятся.

Явление VII

Те же, частный пристав и квартальные.

Частный пристав. Имею честь поздравить вас, ваше высокоблагородие и поделать вам благоденствия на многие лета!

Городничий. Спасибо, спасибо! Прошу садиться, господа!

Гости усаживаются.

Аммос Федорович. Но скажите, пожалуйста, Антон Антонович, каким образом все это началось, постепенный ход всего, то есть, дела.

Городничий. Ход дела чрезвычайный: изволил собственнолично сделать предложение.

Анна Андреевна. Очень почтительным и самым тонким образом. Все чрезвычайно хорошо говорил. Говорит: "Я, Анна Андреевна, из одного только уважения к вашим достоинствам..." И такой прекрасный, воспитанный человек, самых благороднейших правил! "Мне, верите ли, Анна Андреевна, мне жизнь - копейка; я только потому, что уважаю ваши редкие качества".

Марья Антоновна. Ах, маменька! ведь это он мне говорил.

Анна Андреевна. Перестань, ты ничего не знаешь и не в свое дело не мешайся! "Я, Анна Андреевна, изумляюсь..." В таких лестных рассыпался словах... И когда я хотела сказать: "Мы никак не смеем надеяться на такую честь", - он вдруг упал на колени и таким самым благороднейшим образом: "Анна Андреевна, не сделайте меня несчастнейшим! согласитесь отвечать моим чувствам, не то я смертью окончу жизнь свою".

Марья Антоновна. Право, маменька, он обо мне это говорил.

Анна Андреевна. Да, конечно... и об тебе было, я ничего этого не отвергаю.

Городничий. И так даже напугал: говорил, что застрелится. "Застрелюсь, застрелюсь!" - говорит.

Многие из гостей. Скажите пожалуйста!

Аммос Федорович. Экая штука!

Лука Лукич. Вот подлинно, судьба уж так вела.

Артемий Филиппович. Не судьба, батюшка, судьба - индейка: заслуги привели к тому. *(В сторону.)* Этакой свинье лезет в рот всегда счастье!

Аммос Федорович. Я, пожалуй, Антон Антонович, продам вам того кобелька, которого торговали.

Городничий. Нет, мне теперь не до кобельков.

Аммос Федорович. Ну, не хотите, на другой собаке сойдемся.

Жена Коробкина. Ах, как, Анна Андреевна, я рада вашему счастью! вы не можете себе представить.

Коробкин. Где ж теперь, позвольте узнать, находится именитый гость? Я слышал, что он уехал зачем-то.

Городничий. Да, он отправился на один день по весьма важному делу.

Анна Андреевна. К своему дяде, чтобы испросить благословения.

Городничий. Испросить благословения; но завтра же... *(Чихает.)*

Поздравления сливаются в один гул.

Много благодарен! Но завтра же и назад... *(Чихает.)*

Поздравительный гул; слышнее других голоса:

Частного пристава. Здравия желаем, ваше высокоблагородие!

Голос Бобчинского. Сто лет и куль червонцев!

Голос Добчинского. Продли бог на сорок сороков!

Артемия Филипповича. Чтоб ты пропал!

Жены Коробкина. Черт тебя побери!

Городничий. Покорнейше благодарю! И вам того ж желаю.

Анна Андреевна. Мы теперь в Петербурге намерены жить. А здесь, признаюсь, такой воздух... деревенский уж слишком!.. признаюсь, большая неприятность... Вот и муж мой... он там получит генеральский чин.

Городничий. Да, признаюсь, господа, я, черт возьми, очень хочу быть генералом.

Лука Лукич. И дай бог получить!

Растаковский. От человека невозможно, а от бога все возможно.

Аммос Федорович. Большому кораблю - большое плаванье.

Артемий Филиппович. По заслугам и честь.

89

Аммос Федорович (*в сторону*). Вот выкинет штуку, когда в самом деле сделается генералом! Вот уж кому пристало генеральство, как корове седло! Ну, брат, до этого еще далека песня. Тут и почище тебя есть, а до сих пор еще не генералы.

Артемий Филиппович (*в сторону*). Эка черт возьми, уж и в генералы лезет! Чего доброго, может, и будет генералом. Ведь у него важности, лукавый не взял бы его, довольно. (*Обращаясь к нему.*) Тогда, Антон Антонович, и нас не позабудьте.

Аммос Федорович. И если что случится, например какая-нибудь надобность по делам, не оставьте покровительством!

Коробкин. В следующем году повезу сынка в столицу на пользу государства, так сделайте милость, окажите ему вашу протекцию, место отца заступите сиротке.

Городничий. Я готов со своей стороны, готов стараться.

Анна Андреевна. Ты, Антоша, всегда готов обещать. Во-первых, тебе не будет времени думать об этом. И как можно и с какой стати себя обременять этакими обещаниями?

Городничий. Почему ж, душа моя? иногда можно.

Анна Андреевна. Можно, конечно, да ведь не всякой же мелюзге оказывать покровительство.

Жена Коробкина. Вы слышали, как она трактует нас?

Гостья. Да, она такова всегда была; я ее знаю: посади ее за стол, она и ноги свои...

ЯВЛЕНИЕ VIII

Те же и почтмейстер впопыхах, с распечатанным письмом в руке.

Почтмейстер. Удивительное дело, господа! Чиновник, которого мы приняли за ревизора, был не ревизор.

Все. Как не ревизор?

Почтмейстер. Совсем не ревизор, - я узнал это из письма...

Городничий. Что вы? что вы? из какого письма?

Почтмейстер. Да из собственного его письма. Приносят ко мне на почту письмо. Взглянул на адрес - вижу: "в Почтамтскую улицу". Я так и обомлел. "Ну, - думаю себе, - верно, нашел беспорядки по почтовой част и уведомляет начальство". Взял да и распечатал.

Городничий. Как же вы?..

Почтмейстер. Сам не знаю, неестественная сила побудила. Призвал было уже курьера, с тем чтобы отправить его с эштафетой, - но любопытство такое одолело, какого еще никогда не чувствовал. Не могу, не могу! слышу, что не могу! тянет, так вот и тянет! В одном ухе так вот и слышу: "Эй, не распечатывай! пропадешь, как курица"; а в другом словно бес какой шепчет: "Распечатай, распечатай, распечатай!" И как придавил сургуч - по жилам огонь, а распечатал - мороз, ей-богу мороз. И руки дрожат, и все помутилось.

Городничий. Да как же вы осмелились распечатать письмо такой уполномоченной особы?

Почтмейстер. В том-то и штука, что он не уполномоченный и не особа!

Городничий. Что ж он, по-вашему, такое?

Почтмейстер. Ни се ни то; черт знает что такое!

Городничий (запальчиво). как не се ни то? Как вы смеете назвать его ни тем ни сем, да еще и черт знает чем? Я вас под арест...

Почтмейстер. Кто? Вы?

Городничий. Да, я!

Почтмейстер. Коротки руки!

Городничий. Знаете ли, что он женится на моей дочери, что я сам буду вельможа, что я в самую Сибирь законопачу?

Почтмейстер. Эх, Антон Антонович! что Сибирь? далеко Сибирь. Вот лучше я вам прочту. Господа! позвольте прочитать письмо!

Все. Читайте, читайте!

Почтмейстер *(читает).* "Спешу уведомить тебя, душа моя Тряпичкин, какие со мной чудеса. На дороге обчистил меня кругом пехотный капитан, так что трактирщик хотел уже было посадить в тюрьму; как вдруг, по моей петербургской физиономии и по костюму, весь город принял меня за генерал-губернатора. И я теперь живу у городничего, жуирую, волочусь напропалую за его женой и дочкой; не решился только, с которой начать, - думаю, прежде с матушки, потому что, кажется, готова сейчас на все услуги. Помнишь, как мы с тобой бедствовали, обедали нашерамыжку и как один раз было кондитер схватил меня за воротник по поводу съеденных пирожков на счет доходов аглицкого короля? Теперь совсем другой оборот. Все мне дают взаймы сколько угодно. Оригиналы страшные. От смеху ты бы умер. Ты, я знаю, пишешь статейки: помести их в свою литературу. Во-первых, городничий - глуп, как сивый мерин..."

Городничий. Не может быть этого! Там нет этого.

Почтмейстер *(показывает письмо).* Читайте сами.

Городничий *(читает).* "Как сивый мерин". Не может быть! вы это сами написали.

Почтмейстер. Как же бы я стал писать?

Артемий Филиппович. Читайте!

Лука Лукич. Читайте!

Почтмейстер *(продолжая читать).* "Городничий - глуп, как сивый мерин..."

Городничий. О, черт возьми! нужно еще повторять! как будто оно там и без того не стоит.

Почтмейстер *(продолжая читать).* Хм... хм... хм... хм... "сивый мерин. Почтмейстер тоже добрый человек..." *(Оставляя читать.)* Ну, тут обо мне тоже он неприлично выразился.

Городничий. Нет, читайте!

Почтмейстер. Да к чему ж?..

Городничий. Нет, черт возьми, когда уж читать, так читать! Читайте все!

Артемий Филиппович. Позвольте, я прочитаю. *(Надевает очки и читает.)* "Почтмейстер точь-в-точь наш департаментский сторож Михеев; должно быть, также, подлец пьет горькую".

Почтмейстер *(к зрителям.)* Ну, скверный мальчишка, которого надо высечь; больше ничего!

Артемий Филиппович *(продолжая читать).* "Надзиратель над богоугодным заведе...и...и...и... *(Заикается.)*

Коробкин. А что ж вы остановились?

Артемий Филиппович. Да нечеткое перо... впрочем, видно, что негодяй.

Коробкин. Дайте мне! Вот у меня, я думаю, получше глаза. *(Берет письмо.)*

Артемий Филиппович *(не давая письмо).* Нет, это место можно пропустить, а там дальше разборчиво.

Коробкин. Да позвольте, уж я знаю.

Артемий Филиппович. Прочитать я и сам прочитаю; далее, право, все разборчиво.

Почтмейстер. Нет, все читайте! ведь прежде все читано.

Все. Отдайте, Артемий Филиппович, отдайте письмо! *(Коробкину.)* Читайте!

Артемий Филиппович. Сейчас. *(Отдает письмо.)* Вот, позвольте... *(Закрывает пальцем.)* Вот отсюда читайте.

Все приступают к нему.

Почтмейстер. Читайте, читайте! вздор, все читайте!

Коробкин *(читая).* "Надзиратель над богоугодным заведением Земляника - совершенная свинья в ермолке".

Артемий Филиппович *(к зрителям).* И неостроумно! Свинья в ермолке! где ж свинья бывает в ермолке?

Коробкин *(продолжая читать).* "Смотритель училищ протухнул насквозь луком".

Лука Лукич *(к зрителям).* Ей-богу, и в рот никогда не брал луку.

Аммос Федорович *(в сторону).* Слава богу, хоть, по крайней мере, обо мне нет!

Коробкин *(читает).* "Судья..."

Аммос Федорович. Вот тебе на! *(Вслух.)* Господа, я думаю, что письмо длинно. Да и черт ли в нем: дрянь этакую читать.

Лука Лукич. Нет!

Почтмейстер. Нет, читайте!

Артемий Филиппович. Нет уж, читайте!

Коробкин *(продолжает).* "Судья Ляпкин-Тяпкин в сильнейшей степени моветон..." *(Останавливается.)* Должно быть, французское слово.

Аммос Федорович. А черт его знает, что оно значит! Еще хорошо, если только мошенник, а может быть, и того еще хуже.

Коробкин *(продолжая читать).* "А впрочем, народ гостеприимный и добродушный. Прощай, душа Тряпичкин. Я сам, по примеру твоему, хочу заняться литературой. Скучно, брат, так жить; хочешь, наконец, пищи для души. Вижу: точно нужно чем-нибудь высоким заняться. Пиши ко мне в Саратовскую губернию, а оттуда в деревню Подкатиловку. *(Переворачивает письмо и читает адрес.)* Его благородию, милостивому государю, Ивану Васильевичу Тряпичкину, в Почтамтскую улицу, в доме под нумером девяносто седьмым, поворотя на двор, в третьем этаже направо".

Одна из дам. Какой репримант неожиданный!

Городничий. Вот когда зарезал, так зарезал! Убит, убит, совсем убит! Ничего не вижу. Вижу какие-то свиные рыла вместо лиц, а больше ничего... Воротить, воротить его! *(Машет рукою.)* Куды воротить! Я, как нарочно, приказал смотрителю дать самую лучшую тройку; черт угораздил дать и вперед предписание.

Жена Коробкина. Вот уж точно, беспримерная конфузия!

Аммос Федорович. Однако ж, черт возьми, господа! он у меня взял триста рублей взаймы.

Артемий Филиппович. У меня тоже триста рублей.

Почтмейстер *(вздыхает).* Ох! и у меня триста рублей.

Бобчинский. У нас с Петром Ивановичем шестьдесят пять-с на ассигнации-с, да-с.

Аммос Федорович *(в недоумении расставляет руки).* Как же это, господа? Как это, в самом деле, мы так оплошали?

Городничий *(бьет себя по лбу).* Как я - нет, как я, старый дурак? Выжил, глупый баран, из ума!.. Тридцать лет живу на службе; ни один купец, ни подрядчик не мог провести; мошенников над мошенниками обманывал, пройдох и плутов таких, что весь свет готовы обворовать, поддевал на уду! Трех губернаторов обманул!.. Что губернаторов! *(махнул рукой)* нечего и говорить про губернаторов...

Анна Андреевна. Но этого не может быть, Антоша: он обручился с Машенькой...

Городничий *(в сердцах).* Обручился! Кукиш с маслом - вот тебе обручился! Лезет мне в глаза с обрученьем!.. *(В исступлении.)* Вот смотрите, смотрите, весь мир, все христианство, все смотрите, как одурачен городничий! Дурака ему, дурака, старому подлецу! *(Грозит самому себе кулаком.)* Эх ты, толстоносый! Сосульку, тряпку принял за важного человека! Вон он теперь по всей дороге заливает колокольчиком! Разнесет по всему свету историю. Мало того что пойдешь в посмешище - найдется щелкопер, бумагомарака, в комедию тебя вставит. Вот что' обидно! Чина, звания не пощадит, и будут все скалить зубы и бить в ладоши. Чему смеетесь? - Над собою смеетесь!.. Эх вы!.. *(Стучит со злости ногами об пол.)* Я бы всех этих бумагомарак! У, щелкоперы, либералы проклятые! чертово семя! Узлом бы вас всех завязал, в муку бы стер вас всех да черту в подкладку! в шапку туды ему!.. (*Сует кулаком и бьет каблуком в пол. После некоторого молчания.*) До сих пор не могу прийти в себя. Вот, подлинно, если бог хочет наказать, то отнимет прежде разум. Ну что было в этом вертопрахе похожего на ревизора? Ничего не было! Вот просто на полмизинца не было похожего - и вдруг все: ревизор! ревизор! Ну кто первый выпустил, что он ревизор? Отвечайте!

Артемий Филиппович (*расставляя руки*). Уж как это случилось, хоть убей, не могу объяснить. Точно туман какой-то ошеломил, черт попутал.

Аммос Федорович. Да кто выпустил - вот кто выпустил: эти молодцы! (*Показывает на Добчинского и Бобчинского.*)

Бобчинский. Ей-ей, не я! и не думал...

Добчинский. Я ничего, совсем ничего...

Артемий Филиппович. Конечно, вы.

Лука Лукич. Разумеется. Прибежали как сумасшедшие из трактира: "Приехал, приехал и денег не плотит..." Нашли важную птицу!

Городничий. Натурально, вы! сплетники городские, лгуны проклятые!

Артемий Филиппович. Чтоб вас черт побрал с вашим ревизором и рассказами!

Городничий. Только рыскает по городу и смущаете всех, трещотки проклятые! Сплетни сеете, сороки короткохвостые!

Аммос Федорович. Пачкуны проклятые!

Лука Лукич. Колпаки!

Артемий Филиппович. Сморчки короткобрюхие!

Все обступают их.

Бобчинский. Ей-богу, это не я, это Петр Иванович.

Добчинский. Э, нет, Петр Иванович, вы ведь первые того...

96

Бобчинский. А вот и нет; первые то были вы.

ЯВЛЕНИЕ ПОСЛЕДНЕЕ

Те же и жандарм.

Жандарм. Приехавший по именному повелению из Петербурга чиновник требует вас сей же час к себе. Он остановился в гостинице.

Произнесенные слова поражают как громом всех. Звук изумления единодушно взлетает из дамских уст; вся группа, вдруг переменивши положение, остается в окаменении.

Немая сцена

Городничий посередине в виде столба, с распростертыми руками и запрокинутой назад головою. По правую руку его жена и дочь с устремившимся к нему движеньем всего тела; за ними почтмейстер, превратившийся в вопросительный знак, обращенный к зрителям; за ним Лука Лукич, потерявшийся самым невинным образом; за ним, у самого края сцены, три дамы, гостьи, прислонившиеся одна к другой с самым сатирическим выражением лица, относящимся прямо к семейству городничего. По левую сторону городничего: Земляника, наклонивший голову несколько набок, как будто к чему-то прислушивающийся; за ним судья с растопыренными руками, присевший почти до земли и сделавший движенье губами, как бы хотел посвистать или произнесть: "Вот тебе, бабушка, и Юрьев день!" За ним Коробкин, обратившийся ко зрителям с прищуренным глазом и едким намеком на городничего; за ним, у самого края сцены, Бобчинский и Добчинский с устремившимися движеньями рук друг к другу, разинутыми ртами и выпученными друг на друга глазами. Прочие гости остаются просто столбами. Почти полторы минуты окаменевшая группа сохраняет такое положение. Занавес опускается.

ЖЕНИТЬБА

Совершенно невероятное событие в двух действиях
(Писано в 1833 году)

Действующие лица:

Агафья Тихоновна, купеческая дочь невеста.

Арина Пантелеймоновна, тетка.

Фекла Ивановна, сваха.

Подколесин, служащий надворный советник.

Кочкарев, друг его.

Яичница, экзекутор.

Анучкин, отставной пехотный офицер.

Жевакин, моряк.

Дуняшка, девочка в доме.

Стариков, гостинодворец.

Степан, слуга Подколесина.

ДЕЙСТВИЕ ПЕРВОЕ

ЯВЛЕНИЕ I

Комната холостяка.

Подколесин (один, лежит на диване с трубкой).

Вот, как начнёшь эдак один на досуге подумывать, так видишь, что, наконец, точно нужно жениться. Что в самом деле? Живёшь, живёшь, да такая, наконец, скверность становится. Вот опять пропустил мясоед. А ведь, кажется, всё готово, и сваха вот уж три месяца ходит. Право, самому как-то становится совестно. Эй, Степан!

ЯВЛЕНИЕ II

Подколесин, Степан.

Подколесин. Не приходила сваха?

Степан. Никак нет.

Подколесин. А у портного был?

Степан. Был.

Подколесин. Что ж он, шьёт фрак?

Степан. Шьёт.

Подколесин. И много уже нашил?

Степан. Да уж довольно, начал уж петли метать.

Подколесин. Что ты говоришь?

Степан. Говорю: начал уж петли метать.

Подколесин. А не спрашивал он, на что, мол, нужен барину фрак?

Степан. Нет, не спрашивал.

Подколесин. Может быть, он говорил, не хочет ли барин жениться?

Степан. Нет, ничего не говорил.

Подколесин. Ты видел, однакож, у него и другие фраки? Ведь он и для других тоже шьет?

Степан. Да, фраков у него много висит.

Подколесин. Однакож, ведь сукно-то на них будет, чай, похуже, чем на моем?

Степан. Да, это будет поприглядистее, что на вашем.

Подколесин. Что ты говоришь?

Степан. Говорю: это поприглядистее, что на вашем.

Подколесин. Хорошо. Ну, а не спрашивал: для чего, мол, барин из такого тонкого сукна шьет себе фрак?

Степан. Нет.

Подколесин. Не говорил ничего о том, что не хочет ли, дискать, жениться?

Степан. Нет, об этом не заговаривал.

Подколесин. Ты, однакоже, сказал, какой на мне чин и где служу?

Степан. Сказывал.

Подколесин. Что ж он на это?

Степан. Говорит: буду стараться.

Подколесин. Хорошо. Теперь ступай.

(Степан уходит).

ЯВЛЕНИЕ III

Подколесин (один).

Я того мнения, что черный фрак как-то солиднее. Цветные больше идут секретарям, титулярным и прочей мелюзге, — молокососно что-то. Те, которые чином повыше, должны больше наблюдать, как говорится, этого... вот позабыл слово. И хорошее слово, да позабыл. Да, батюшка, уж как ты там себе ни переворачивай, а надворный советник тот же полковник, только разве что мундир без эполет. Эй, Степан!

ЯВЛЕНИЕ IV

Подколесин, Степан.

Подколесин. А ваксу купил?

Степан. Купил.

Подколесин. Где купил? В той лавочке, про которую я тебе говорил, что на Вознесенском проспекте?

Степан. Да-с, в той самой.

Подколесин. Что ж, хороша вакса?

Степан. Хороша.

Подколесин. Ты пробовал чистить ею сапоги?

Степан. Пробовал.

Подколесин. Что ж, блестит?

Степан. Блестеть-то она блестит хорошо.

Подколесин. А когда он отпускал тебе ваксу, не спрашивал, для чего, мол, барину нужна такая вакса?

Степан. Нет.

Подколесин. Может быть, не говорил ли: не затевает ли, дискать, барин жениться?

Степан. Нет, ничего не говорил.

Подколесин. Ну, хорошо, ступай себе!

ЯВЛЕНИЕ V

Подколесин (один).

Кажется, пустая вещь сапоги, а ведь, однакоже, если дурно сшиты, да рыжая вакса, уж в хорошем обществе и не будет такого уважения. Всё как-то не того... Вот еще гадко, если мозоли. Готов вытерпеть бог знает что, только бы не мозоли. Эй, Степан!

ЯВЛЕНИЕ VI

Подколесин, Степан.

Степан. Чего извольте?

Подколесин. Ты говорил сапожнику, чтоб не было мозолей?

Степан. Говорил.

Подколесин. Что ж он говорит?

Степан. Говорит: хорошо.

(Степан уходит).

ЯВЛЕНИЕ VII

Подколесин, потом Степан.

Подколесин. А ведь хлопотливая, чорт возьми, вещь — женитьба! То, да сё, да это. Чтобы то да это было исправно — нет, чорт побери, это не так легко, как говорят. Эй, Степан! *(Степан входит).* Я хотел тебе еще сказать...

Степан. Старуха пришла.

Подколесин. А, пришла; зови ее сюда. *(Степан уходит).* Да, это вещь... вещь, не того... трудная вещь.

ЯВЛЕНИЕ VIII

Подколесин и Фекла.

Подколесин. А, здравствуй, здравствуй, Фекла Ивановна! Ну, что? как? Возьми стул, садись, да и рассказывай. Ну, так как же, как? Как бишь ее: Меланья?..

Фекла. Агафья Тихоновна.

Подколесин. Да, да, Агафья Тихоновна. И верно какая-нибудь сорокалетняя дева?

Фекла. Уж вот нет, так нет; то-есть, как женитесь, так каждый день станете похваливать да благодарить.

Подколесин. Да ты врешь, Фекла Ивановна.

Фекла. Устарела я, отец мой, чтобы врать; пес врет.

Подколесин. А приданое-то, приданое? Расскажи-ка вновь.

Фекла. А приданое: каменный дом в Московской части, о двух елтажах, уж такой прибыточный, что истинно удовольствие. Один лабазник платит семьсот за лавочку. Пивной погреб тоже большое общество привлекает. Два деревянных хлигеря — один хлигерь совсем деревянный, другой на каменном фундаменте, каждый рублев по четыреста приносит доходу. Огород есть еще на Выборгской стороне; третьего года купец нанимал под капусту, и такой купец трезвый, совсем не берет хмельного в рот, и трех сыновей имеет, двух уж поженил, "а третий", говорит, "еще молодой, пусть посидит в лавке, чтобы торговлю было полегче отправлять. Я уж", говорит, "стар, так пусть сын посидит в лавке, чтобы торговля шла полегче".

Подколесин. Да собой-то, какова собой?

Фекла. Как рефинат! Белая, румяная, как кровь с молоком; сладость такая, что и рассказать нельзя. Уж будете вот по этих пор довольны *(показывая на горло)*. То-есть и приятелю и неприятелю скажете: ай да Фекла Ивановна, спасибо.

Подколесин. Да ведь она, однакож, не штаб-офицерка?

Фекла. Купца третьей гильдии дочь. Да уж такая, что и генералу обиды не нанесет. О купце и слышать не хочет. "Мне", говорит, "какой бы ни был муж, хоть и собой-то невзрачен, да был бы дворянин". Да, такой великатес! А к воскресному-то как наденет шелковое платье — так, вот те Христос, так и шумит. Княгиня просто!

Подколесин. Да ведь я-то потому тебя спрашивал, что я надворный советник, так мне, понимаешь...

Фекла. Да уж обноковенно, как не понимать. Был у нас и надворный советник, да отказали: не пондравился. Такой уж у него нрав-то странный был: что ни скажет слово, то и соврет, а такой на взгляд видный. Что ж делать, так уж ему бог дал. Он-то и сам не рад, да уж не может, чтобы не прилгнуть. Такая уж на то воля божия.

Подколесин. Ну, а кроме этой, других там нет никаких?

Фекла. Да какой же тебе еще? Уж это что ни есть лучшая.

Подколесин. Будто уж самая лучшая?

Фекла. Хоть по всему свету исходи, такой не найдешь.

Подколесин. Подумаем, подумаем, матушка. Приходи-ка послезавтра. Мы с тобой, знаешь, опять вот эдак: я полежу, а ты расскажешь...

Фекла. Да помилуй, отец; уж вот третий месяц хожу к тебе, а проку-то ни на сколько. Всё сидит в халате, да трубку знай себе покуривает.

Подколесин. А ты думаешь, небось, что женитьба всё равно, что: "эй, Степан, подай сапоги!" Натянул на ноги да и пошел? Нужно порассудить, порассмотреть.

Фекла. Ну, так что ж? Коли смотреть, так и смотри. На то товар, чтобы смотреть. Вот прикажи-тка подать кафтан, да теперь же, благо утреннее время, и поезжай.

Подколесин. Теперь? А вон видишь, как пасмурно. Выеду, а вдруг хватит дождем.

Фекла. А тебе же худо! Ведь в голове седой волос уж глядит, скоро совсем не будешь годиться для супружеска дела. Невидаль, что он придворный советник! Да мы таких женихов приберем, что и не посмотрим на тебя.

Подколесин. Что за чепуху несешь ты? Из чего вдруг угораздило тебя сказать, что у меня седой волос? Где ж седой волос? *(Щупает свои волосы).*

Фекла. Как не быть седому волосу, на то живет человек. Смотри ты! Тою ему не угодишь, другой не угодить. Да у меня есть на примете такой капитан, что ты ему и под плечо не подойдешь, а говорит-то, как труба, в алгалантьерстве служит.

Подколесин. Да врешь, я посмотрю в зеркало — где ты выдумала седой волос. Эй, Степан, принеси зеркало! Или нет, постой, я пойду сам. Вот еще, боже сохрани. Это хуже чем оспа. *(Уходит в другую комнату)*.

ЯВЛЕНИЕ IX

Фекла и Кочкарев (вбегая).

Кочкарев. Что Подколесин?.. *(Увидев Феклу)*. Ты как здесь? Ах, ты!.. Ну, послушай, на кой чорт ты меня женила?

Фекла. А что ж дурного? Закон исполнил.

Кочкарев. Закон исполнил! Эк невидаль жена! Без нее-то разве я не мог обойтись?

Фекла. Да ведь ты ж сам пристал: жени, бабушка, да и полно.

Кочкарев. Ах ты, крыса старая!.. Ну, а здесь зачем? Неужли Подколесин хочет...

Фекла. А что ж? Бог благодать послал.

Кочкарев. Нет? Эк мерзавец, ведь мне ничего об этом. Каков? Прошу покорно: сподтишка, а?

ЯВЛЕНИЕ X

Те же и Подколесин (с зеркалом в руках, в которое вглядывается очень внимательно).

Кочкарев (подкрадываясь сзади, пугает его). Пуф!

Подколесин (вскрикнув и роняя зеркало). Сумасшедший! Ну, зачем, зачем... Ну, что за глупости! Перепугал, право, так, что душа не на месте.

Кочкарев. Ну, ничего, пошутил.

Подколесин. Что за шутки вздумал. До сих пор не могу очнуться от испуга. И зеркало вон разбил. Ведь это вещь не даровая: в английском магазине куплено.

Кочкарев. Ну, полно: я сыщу тебе другое зеркало.

Подколесин. Да, сыщешь. Знаю я эти другие зеркала. Целым десятком кажет старее, и рожа выходит косяком.

Кочкарев. Послушай, ведь я бы должен больше на тебя сердиться. Ты от меня, твоего друга, всё скрываешь. Жениться ведь задумал!

Подколесин. Вот вздор, совсем и не думал.

Кочкарев. Да ведь улика налицо. *(Указывает на Феклу).* Ведь вот стоит, известно, что за птица. Ну, что ж, ничего, ничего. Здесь нет ничего такого. Дело христианское, необходимое даже для отечества. Изволь, изволь, я беру на себя все дела. *(К Фекле).* Ну, говори, как, что и прочее. Дворянка, чиновница или в купечестве, что ли, и как зовут?

Фекла. Агафья Тихоновна.

Кочкарев. Агафья Тихоновна Брандахлыстова?

Фекла. Ан нет — Купердягина.

Кочкарев. В Шестилавочной, что ли, живет?

Фекла. Уж вот нет; будет поближе к Пескам, в Мыльном переулке.

Кочкарев. Ну, да, в Мыльном переулке, тотчас за лавочкой — деревянный дом?

Фекла. И не за лавочкой, а за пивным погребом.

Кочкарев. Как же за пивным, — вот тут-то я не знаю.

Фекла. А вот как поворотишь в проулок, так будет тебе прямо будка; и как будку минешь, свороти налево, и вот тебе прямо в глаза, то-есть, так вот тебе прямо в глаза и будет деревянный дом, где живет швея, что жила прежде с сенатским оберсеклехтарем. Ты к швее-то не заходи, а сейчас за нею будет второй дом, каменный — вот этот дом и есть ее, в котором, то-есть, она живет, Агафья Тихоновна-то, невеста.

Кочкарев. Хорошо, хорошо. Теперь я всё это обделаю; а ты ступай — в тебе больше нет нужды.

Фекла. Как так? Неужто ты сам свадьбу хочешь заправить?

Кочкарев. Сам, сам; ты уж не мешайся только.

Фекла. Ах, бесстыдник какой! Да ведь это не мужское дело. Отступитесь, батюшка, право!

Кочкарев. Пойди, пойди. Не смыслишь ничего, не мешайся. Знай сверчок свой шесток — убирайся!

Фекла. У людей только чтобы хлеб отымать, безбожник такой! В такую дрянь вмешался. Кабы знала, ничего бы не сказывала. *(Уходит с досадой).*

ЯВЛЕНИЕ XI

Подколесин и Кочкарев.

Кочкарев. Ну, брат, этого дела нельзя откладывать. Едем.

Подколесин. Да ведь я еще ничего. Я так только подумал.

Кочкарев. Пустяки, пустяки! Только не конфузься: я тебя женю так, что и не услышишь. Мы сей же час едем к невесте, и увидишь, как всё вдруг.

Подколесин. Вот еще. Сейчас бы и ехать!

Кочкарев. Да за чем же, помилуй, за чем дело?.. Ну, рассмотри сам: ну, что из того, что ты неженатый? Посмотри на свою комнату! Ну, что в ней? Вон невычищенный сапог стоит, вон лоханка для умывания, вон целая куча табаку на столе, и ты вот сам лежишь, как байбак, весь день на боку.

Подколесин. Это правда. Порядка-то у меня, я знаю сам, что нет.

Кочкарев. Ну, а как будет у тебя жена, так ты просто ни себя, ничего не узнаешь: тут у тебя будет диван, собачонка, чижик какой-нибудь в клетке, рукоделье... И, вообрази, ты сидишь на диване — и вдруг к тебе подсядет бабёночка, хорошенькая эдакая, и ручкой тебя...

Подколесин. А, чорт, как подумаешь, право, какие в самом деле бывают ручки. Ведь просто, брат, как молоко.

Кочкарев. Куды тебе! Будто у них только что ручки!.. У них, брат... Ну, да что и говорить: у них, брат, просто, чорт знает, чего нет.

Подколесин. А ведь, сказать тебе правду, я люблю, если возле меня сядет хорошенькая.

Кочкарев. Ну, видишь, сам раскусил. Теперь только нужно распорядиться. Ты уж не заботься ни о чем. Свадебный обед и прочее — это всё уж я... Шампанского меньше одной дюжины никак, брат, нельзя, уж как ты себе хочешь. Мадеры тоже полдюжины бутылок непременно. У невесты, верно, есть куча тетушек и кумушек — эти шутить не любят. А рейнвейн — чорт с ним, не правда ли? а? А что же касается до обеда — у меня, брат, есть на примете придворный официант: так, собака, накормит, что просто не встанешь.

Подколесин. Помилуй, ты так горячо берешься, как будто бы в самом деле уж и свадьба.

Кочкарев. А почему ж нет? Зачем же откладывать? Ведь ты согласен?

Подколесин. Я? Ну, нет... я еще не совсем согласен.

Кочкарев. Вот тебе на! Да ведь ты сейчас объявил, что хочешь.

Подколесин. Я говорил только, что не худо бы.

Кочкарев. Как, помилуй! Да мы уж совсем было всё дело... Да что? Разве тебе не нравится женатая жизнь, что ли?

Подколесин. Нет... нравится.

Кочкарев. Ну, так что ж? За чем дело стало?

Подколесин. Да дело ни за чем не стало. А только странно...

Кочкарев. Что ж странно?

Подколесин. Как же не странно: всё был неженатый, а теперь вдруг женатый.

Кочкарев. Ну, ну... ну, не стыдно ли тебе? Нет, я вижу, с тобой нужно говорить сурьезно: я буду говорить откровенно, как отец с сыном. Ну, посмотри, посмотри на себя внимательно, вот, например, так, как смотришь теперь на меня. Ну, что ты теперь такое? Ведь просто бревно, никакого значения не имеешь. Ну, для чего ты живешь? Ну, взгляни в зеркало — что ты там видишь? Глупое, лицо — больше ничего. А тут, вообрази, около тебя будут ребятишки, ведь не то, что двое или трое, а, может быть, целых шестеро, и все на тебя, как две капли воды... Ты вот теперь один, надворный советник, экспедитор или там начальник какой, бог тебя ведает; а тогда, вообрази, около тебя экспедиторчонки, маленькие этакие канальчонки, и какой-нибудь постреленок, протянувши ручонки, будет теребить тебя за бакенбарды, а ты только будешь ему по-собачьи: ав, ав, ав! Ну, есть ли что-нибудь лучше этого, скажи сам?

Подколесин. Да ведь они только шалуны большие, будут всё портить, разбросают бумаги.

Кочкарев. Пусть шалят, да ведь все на тебя похожи — вот штука.

Подколесин. А оно в самом деле даже смешно, чорт побери, этакой какой-нибудь пышка, щенок эдакой, и уж на тебя похож...

Кочкарев. Как не смешно, — конечно, смешно. Ну, так поедем.

Подколесин. Пожалуй, поедем.

Кочкарев. Эй, Степан! давай скорее своему барину одеваться.

Подколесин (одеваясь перед зеркалом). Я думаю, однакож, что нужно бы в белом жилете.

Кочкарев. Пустяки, всё равно.

Подколесин (надевая воротнички). Проклятая прачка, так скверно накрахмалила воротнички — никак не стоят. Ты ей скажи, Степан, что если она, глупая, так будет гладить белье, то я найму другую. Она, верно, с любовниками проводит время, а не гладит.

Кочкарев. Да ну, брат, поскорее! Как ты копаешься.

Подколесин. Сейчас, сейчас. (*Надевает фрак и садится*). Послушай, Илья Фомич. Знаешь ли что? Поезжай-ка ты сам.

Кочкарев. Ну, вот еще; с ума сошел разве? Мне ехать! Да кто из нас женится: ты или я?

Подколесин. Право, что-то не хочется; пусть лучше завтра.

Кочкарев. Ну, есть ли в тебе капля ума? Ну, не олух ли ты? Собрался совершенно — и вдруг не нужно! Ну, скажи, пожалуйста, не свинья ли ты, не подлец ли ты после этого?

Подколесин. Ну, что ж ты бранишься? С какой стати? Что я тебе сделал?

Кочкарев. Дурак, дурак набитый; это тебе всякий скажет. Глуп, вот просто глуп, хоть и экспедитор. Ведь о чем стараюсь? О твоей пользе; ведь изо рта выманят кус. Лежит, проклятый холостяк! Ну, скажи, пожалуйста, ну, на что ты похож? — Ну, ну, дрянь, колпак, сказал бы такое слово... да неприлично только. Баба! хуже бабы!

Подколесин. И ты хорош в самом деле. (*Вполголоса*). В своем ли ты уме? Тут стоит крепостной человек, а он при нем бранится, да еще эдакими словами, не нашел другого места.

Кочкарев. Да как же тебя не бранить, скажи, пожалуйста? Кто может тебя не бранить? У кого достанет духу тебя не бранить? Как порядочный человек, решился жениться, последовал благоразумию, и вдруг — просто сдуру, белены объелся, деревянный чурбан...

Подколесин. Ну, полно, я еду — чего ж ты раскричался?

Кочкарев. Еду! Конечно, что ж другое делать, как не ехать! (*Степану*). Давай ему шляпу и шинель.

Подколесин (в дверях). Такой, право, странный человек. С ним никак нельзя водиться: выбранит вдруг ни за что, ни про что. Не понимает никакого обращения.

Кочкарев. Да уж кончено, теперь не браню. *(Оба уходят).*

ЯВЛЕНИЕ XII

Комната в доме Агафьи Тихоновны.

Агафья Тихоновна раскладывает на картах; из-за руки глядит тетка Арина Пантелеймоновна.

Агафья Тихоновна. Опять, тетушка: дорога! интересуется какой-то бубновый король, слезы, любовное письмо; с левой стороны трефовый изъявляет большое участье, но какая-то злодейка мешает.

Арина Пантелеймоновна. А кто бы, ты думала, был трефовый король?

Агафья Тихоновна. Не знаю.

Арина Пантелеймоновна. А я знаю, кто.

Агафья Тихоновна. А кто?

Арина Пантелеймоновна. А хороший торговец, что по суконной линии, Алексей Дмитриевич Стариков.

Агафья Тихоновна. Вот уж, верно, не он, я хоть что ставлю, не он.

Арина Пантелеймоновна. Не спорь, Агафья Тихоновна, волос уж такой русый. Нет другого трефового короля.

Агафья Тихоновна. А вот же нет: трефовый король значит здесь дворянин. Купцу далеко до трефового короля.

Арина Пантелеймоновна. Эх, Агафья Тихоновна, а ведь не то бы ты сказала, как бы покойник-то Тихон, твой батюшка, Пантелеймонович был жив. Бывало, как ударит всей пятерней по столу, да вскрикнет: "Плевать я", говорит, "на того, который стыдится быть купцом; да не выдам же", говорит, "дочь за полковника. Пусть их делают другие! А и сына", говорит, "не

112

отдам на службу. Что", говорит, "разве купец не служит государю так же, как и всякий другой?" Да всей пятерней-то так по столу и хватит. А рука-то в ведро величиною — такие страсти! Ведь, если сказать правду, он и усахарил твою матушку, а покойница прожила бы подолее.

Агафья Тихоновна. Ну, вот чтобы и у меня еще был такой злой муж! Да ни за что не выйду за купца!

Арина Пантелеймоновна. Да ведь Алексей-то Дмитриевич не такой.

Агафья Тихоновна. Не хочу, не хочу. У него борода: станет есть, всё потечет по бороде. Нет, нет, не хочу!

Арина Пантелеймоновна. Да ведь где же достать хорошего дворянина? Ведь его на улице не сыщешь.

Агафья Тихоновна. Фекла Ивановна сыщет. Она обещалась сыскать самого лучшего.

Арина Пантелеймоновна. Да ведь она лгунья, мой свет.

ЯВЛЕНИЕ XIII

Те же и Фекла.

Фекла. Ан, нет, Арина Пантелеймоновна, грех вам понапрасну поклеп взводить.

Агафья Тихоновна. Ах, это Фекла Ивановна! Ну что, говори, рассказывай! Есть?

Фекла. Есть, есть, дай только прежде с духом собраться — так ухлопоталась! По твоей комиссии все дома исходила, по канцеляриям, по министериям истаскалась, в караульни наслонялась. Знаешь ли ты, мать моя, ведь меня чуть было не прибили, ей богу! Старуха-то, что женила Аферовых, так было приступила ко мне: "Ты такая и этакая, только хлеб перебиваешь, знай свой квартал", говорит. "Да что ж", сказала я напрямик, "я для своей барышни, не прогневайся, всё готова удовлетворить". Зато уж каких женихов тебе припасла! То-есть, и стоял свет, и будет стоять, а таких еще не было. Сегодня же иные и прибудут. Я забежала нарочно тебя предварить.

Агафья Тихоновна. Как же сегодня? Душа моя, Фекла Ивановна, я боюсь.

Фекла. И, не пугайся, мать моя! Дело житейское. Приедут, посмотрят, больше ничего. И ты посмотришь их: не пондравятся, — ну, и уедут.

Арина Пантелеймоновна. Ну, уж, чай, хороших приманила!

Агафья Тихоновна. А сколько их? много?

Фекла. Да человека шесть есть.

Агафья Тихоновна (вскрикивает). Ух!

Фекла. Ну, что ж ты, мать моя, так вспорхнулась! Лучше выбирать: один не придется, другой придется.

Агафья Тихоновна. Что ж они, дворяне?

Фекла. Все, как на подбор. Уж такие дворяне, что еще и не было таких.

Агафья Тихоновна. Ну, какие же, какие?

Фекла. А славные все такие, хорошие, аккуратные. Первый, Балтазар Балтазарович Жевакин, такой славный, во флоте служил — как раз по тебе придется. Говорит, что ему нужно, чтобы невеста была в теле, а поджаристых совсем не любит. А Иван-то Павлович, что служит езекухтором, такой важный, что и приступу нет. Такой видный из себя, толстый; как закричит на меня: "Ты мне не толкуй пустяков, что невеста такая и эдакая, ты скажи напрямик, сколько за ней движимого и недвижимого?" — "Столько-то и столько-то, отец мой!" — "Ты врешь, собачья дочь!" Да еще, мать моя, вклеил такое словцо, что и неприлично тебе сказать. Я так вмиг и спознала: э, да это должен быть важный господин.

Агафья Тихоновна. Ну, а еще кто?

Фекла. А еще Никанор Иванович Анучкин. Это уж такой

великатный, а губы, мать моя, — малина, совсем малина — такой славный. "Мне", говорит, "нужно, чтобы невеста была хороша собой, воспитанная, чтобы и по французскому умела говорить". Да, тонкого поведенья человек, немецкая штука; а сам-то такой субтильный, и ножки узенькие, тоненькие.

Агафья Тихоновна. Нет, мне эти субтильные как-то не того... не знаю... Я ничего не вижу в них...

Фекла. А коли хочешь поплотнее, так возьми Ивана Павловича. Уж лучше нельзя выбрать никого. Уж тот, неча сказать, барин так барин: мало в эти двери не войдет — такой славный.

Агафья Тихоновна. А сколько лет ему?

Фекла. А человек еще молодой: лет пятьдесят, да и пятидесяти еще нет.

Агафья Тихоновна. А фамилия как?

Фекла. А фамилия: Иван Павлович Яичница.

Агафья Тихоновна. Это такая фамилия?

Фекла. Фамилия.

Агафья Тихоновна. Ах, боже мой, какая фамилия! Послушай, Феклуша, как же это, если я выйду за него замуж, я вдруг буду называться Агафья Тихоновна Яичница? Бог знает, что такое!

Фекла. И, мать моя, да на Руси есть такие содомные прозвища, что только плюнешь да перекрестишься, коли услышишь. А пожалуй, коли не нравится прозвище, то возьми Балтазара Балтазаровича Жевакина — славный жених.

Агафья Тихоновна. А какие у него волосы?

Фекла. Хорошие волосы.

Агафья Тихоновна. А нос?

Фекла. Э... и нос хороший. Всё на своем месте. И сам такой славный. Только не погневайся: уж на квартире одна только трубка и стоит, больше ничего нет — никакой мебели.

Агафья Тихоновна. А еще кто?

Фекла. Акинф Степанович Пантелеев, чиновник, титулярный советник, немножко заикается только, зато уж такой скромный.

Арина Пантелеймоновна. Ну, что ты всё: чиновник, чиновник; а не любит ли он выпить, вот, мол, что скажи.

Фекла. А пьет, не прекословлю, пьет. Что ж делать, уж он титулярный советник; зато такой тихой, как шелк.

Агафья Тихоновна. Ну, нет, я не хочу, чтобы муж у меня был пьяница.

Фекла. Твоя воля, мать моя! Не хочешь одного, возьми другого. Впрочем, что ж такого, что иной раз выпьет лишнее — ведь не всю же неделю бывает пьян; иной день выберется и трезвый.

Агафья Тихоновна. Ну, а еще кто?

Фекла. Да есть еще один, да тот только такой... бог с ним. Эти будут почище.

Агафья Тихоновна. Ну, да кто же он?

Фекла. А не хотелось бы и говорить про него. Он-то, пожалуй, андворный советник и петлицу носит, да уж на подъем куды тяжел, не выманишь из дому.

Агафья Тихоновна. Ну, а еще кто? Ведь тут только всего пять, а ты говорила шесть.

Фекла. Да неужто тебе еще мало? Смотри ты, как тебя вдруг поразобрало, а ведь давича было испугалась.

Арина Пантелеймоновна. Да что с них, с дворян-то твоих? Хоть их у тебя и шестеро, а, право, купец один станет за всех.

Фекла. А нет, Арина Пантелеймоновна. Дворянин будет почтенней.

Арина Пантелеймоновна. Да что в почтеньи-та? А вот Алексей Дмитриевич, да в собольей шапке, в санках-то как прокатится...

Фекла. А дворянин-то с аполетой пройдет навстречу, скажет: "Что ты, купчишка? свороти с дороги!" Или: "Покажи, купчишка, бархату самого лучшего!" А купец: "Извольте, батюшка!" — "А сними-ка, невежа, шляпу!" Вот что скажет дворянин.

116

Арина Пантелеймоновна. А купец, если захочет, не даст сукна; а вот дворянин-то и голенькой, и не в чем ходить дворянину.

Фекла. А дворянин зарубит купца.

Арина Пантелеймоновна. А купец пойдет жаловаться в полицию.

Фекла. А дворянин пойдет на купца к сенахтору.

Арина Пантелеймоновна. А купец к губернахтору.

Фекла. А дворянин...

Арина Пантелеймоновна. Врешь, врешь, дворянин... Губернахтор больше сенахтора! Разносилась с дворянином, а дворянин при случае так же гнет шапку...*(В дверях слышен звонок).* Никак, звонит кто-то.

Фекла. Ахти, это они!

Арина Пантелеймоновна. Кто они?

Фекла. Они... кто-нибудь из женихов.

Агафья Тихоновна (вскрикивает). Ух!

Арина Пантелеймоновна. Святые, помилуйте нас грешных. В комнате совсем не прибрано. *(Схватывает всё, что ни есть на столе, и бегает по комнате).* Да салфетка-то, салфетка на столе совсем черная. Дуняшка, Дуняшка! *(Дуняшка является).* Скорее чистую салфетку! *(Стаскивает салфетку и мечется по комнате).*

Агафья Тихоновна. Ах, тетушка, как мне быть? Я чуть не в рубашке.

Арина Пантелеймоновна. Ах, мать моя, беги скорей одеваться! *(Мечется по комнате; Дуняшка приносит салфетку; в дверях звонят).* Беги, скажи: сейчас.

(Дуняшка кричит издалека: "сейчас!").

Агафья Тихоновна. Тетушка, да ведь платье не выглажено.

Арина Пантелеймоновна. Ах, господи милосердный, не погуби! Надень другое.

Фекла (вбегая). Что ж вы нейдете? Агафья Тихоновна, поскорей, мать моя! *(Слышен звонок).* Ахти! а ведь он всё дожидается.

Арина Пантелеймоновна. Дуняшка, введи его и проси обождать.

(Дуняшка бежит в сени и отворяет дверь. Слышны голоса: "Дома?" — "Дома, пожалуйте в комнату". Все с любопытством стараются рассмотреть в замочную скважину).

Агафья Тихоновна (вскрикивает). Ах, какой толстый!

Фекла. Идет, идет! *(Все бегут опрометью).*

ЯВЛЕНИЕ XIV

Иван Павлович Яичница и девчонка.

Девчонка. Погодите здесь. *(Уходит).*

Яичница. Пожалуй, пождать — пождем, как бы только не замешкаться. Отлучился ведь только на минутку из департамента. Вдруг вздумает генерал: "а где экзекутор?" — "Невесту пошел выглядывать". Чтоб не задал он такой невесты... А, однакож, рассмотреть еще раз роспись. *(Читает).* "Каменный двухэтажный дом"...*(Подымает глаза вверх и обсматривает комнату).* Есть! *(Продолжает читать).* "Флигеля два: флигель на каменном фундаменте, флигель деревянный"... Ну, деревянный плоховат. "Дрожки, сани парные с резьбой под большой ковер и под малый". Может быть, такие, что в лом годятся. Старуха, однакож, уверяет, что первый сорт; хорошо, пусть первый сорт. "Две дюжины серебряных ложек"... Конечно, для дома нужны серебряные ложки. "Две лисьих шубы..." Гм. "Четыре больших пуховика и два малых" *(значительно сжимает губы).* "Шесть пар шелковых и шесть пар ситцевых платьев, два ночных капота, два"... Ну, это статья пустая! "Белье, салфетки"... Это пусть будет, как ей хочется. Впрочем, нужно всё это поверить на деле.

118

Теперь, пожалуй, обещают и домы, и экипажи, а как женишься
— только и найдешь, что пуховики да перины.

(Слышен звонок. Дуняшка бежит впопыхах через комнату отворять дверь. Слышны голоса: "Дома?" — "Дома").

ЯВЛЕНИЕ XV

Иван Павлович и Анучкин.

Дуняшка. Погодите тут. Они выдут. *(Уходит. Анучкин раскланивается с Яичницей).*

Яичница. Мое почтение.

Анучкин. Не с папенькой ли прелестной хозяйки дома имею честь говорить?

Яичница. Никак нет, вовсе не с папенькой. Я даже еще не имею детей.

Анучкин. Ах, извините! извините!

Яичница (в сторону). Физиогномия этого человека мне что-то подозрительна: чуть ли он не за тем же сюда пришел, за чем и я. *(Вслух).* Вы, верно, имеете какую-нибудь надобность к хозяйке дома?

Анучкин. Нет, что ж... надобности никакой нет, а так зашел с прогулки.

Яичница (в сторону). Врет, врет, с прогулки? Жениться, подлец, хочет! *(Слышен звонок. Дуняшка бежит через комнату отворять двери. В сенях голоса: "Дома?" — "Дома").*

ЯВЛЕНИЕ XVI

Те же и Жевакин (в сопровождении девчонки).

Жевакин (девчонке). Пожалуйста, душенька, почисть меня... Пыли-то, знаешь, на улице попристало не мало. Вон там, пожалуйста, сними пушинку. *(Поворачивается).* Так! Спасибо, душенька. Вот еще посмотри: там как будто паучок лазит! А на подборах-то сзади ничего нет? Спасибо, родимая! Вон тут еще, кажется. *(Гладит рукою рукав фрака и поглядывает на Анучкина и Ивана Павловича).* Суконцо-то ведь аглицкое! Ведь каково носится! В 95 году, когда была эскадра наша в Сицилии, купил я его еще мичманом и сшил с него мундир; в 801, при Павле Петровиче, я был сделан лейтенантом — сукно было совсем новешенькое; в 814 сделал экспедицию вокруг света, и вот только по швам немного поистерлось; в 815 вышел в отставку, только перелицевал: уж десять лет ношу, до сих пор почти что новый. Благодарю, душенька, м... раскрасоточка! *(Делает ей ручку и, подходя к зеркалу, слегка взъерошивает волосы).*

Анучкин. А как, позвольте узнать, Сицилия — вот вы изволили сказать: Сицилия, — хорошая это земля Сицилия?

Жевакин. А прекрасная! Мы тридцать четыре дня там пробыли; вид, я вам доложу, восхитительный. Эдакие горы, эдак деревцо какое-нибудь гранатное, и везде италианочки, такие розанчики, так вот и хочется поцеловать.

Анучкин. И хорошо образованы?

Жевакин. Превосходным образом! Так образованные, как вот у нас только графини разве. Бывало, пойдешь по улице — ну, русский лейтенант... Натурально, здесь эполеты *(показывает на плеча)*, золотое шитье, и эдак красоточки черномазенькие — у них ведь возле каждого дома балкончики и крыши вот, как этот пол, совершенно плоски. Бывало, эдак смотришь и сидит эдакой розанчик... Ну, натурально, чтобы не ударить лицом в грязь...*(Кланяется и размахивает рукою).* И она эдак только. *(Делает рукою движение).* Натурально, одета: здесь у ней какая-нибудь тафтица, шнуровочка, дамские разные сережки... ну, словом, такой лакомый кусочек...

Анучкин. А как, позвольте еще вам сделать вопрос, — на каком языке изъясняются в Сицилии?

Жевакин. А натурально, все на французском.

Анучкин. И все барышни решительно говорят по-французски?

Жевакин. Все-с решительно. Вы даже, может быть, не поверите тому, что я вам доложу: мы жили тридцать четыре дня, и во все это время ни одного слова я не слыхал от них по-русски.

Анучкин. Ни одного слова?

Жевакин. Ни одного слова. Я не говорю уже о дворянах и прочих синьорах, то-есть разных ихних офицерах; но возьмите нарочно простого тамошнего мужика, который перетаскивает на шее всякую дрянь, попробуйте, скажите ему: "дай, братец, хлеба" — не поймет, ей богу не поймет; а скажи по-французски: "dateci del pane" или "portate vino!" — поймет, и побежит, и точно принесет.

Иван Павлович. А любопытная, однакож, как я вижу, должна быть земля эта Сицилия. Вот вы сказали мужик; что мужик? как он? так ли совершенно, как и русский мужик, широк в плечах и землю пашет, или нет?

Жевакин. Не могу вам сказать: не заметил, пашут или нет; а вот насчет нюханья табаку, так я вам доложу, что все не только нюхают, а даже за губу-с кладут. Перевозка тоже очень дешева; там всё почти вода, и везде гондолы... Натурально, сидит эдакая италианочка, такой розанчик, одета: манишечка, платочек... С нами были и аглицкие офицеры; ну, народ так же, как и наши: моряки... и сначала, точно, было очень странно: не понимаешь друг друга; но потом, как хорошо обознакомились, начали свободно понимать. Покажешь, бывало, эдак на бутылку или стакан, — ну, тотчас и знает, что это значит выпить; приставишь эдак кулак ко рту и скажешь только губами: паф, паф — знает: трубку выкурить. Вообще, я вам доложу, язык довольно легкий, — наши матросы в три дни каких-нибудь стали совершенно понимать друг друга.

Иван Павлович. А преинтересная, как вижу, жизнь в чужих краях. Мне очень приятно сойтись с человеком бывалым. Позвольте узнать: с кем имею честь говорить?

Жевакин. Жевакин-с, лейтенант в отставке. Позвольте с своей стороны тоже спросить: с кем-с имею счастье изъясняться?

Иван Павлович. В должности экзекутора, Иван Павлович Яичница.

Жевакин (не дослышав). Да, я тоже перекусил. Дороги-то, знаю, впереди будет довольно, а время холодновато: селедочку съел с хлебцом.

Иван Павлович. Нет, кажется, вы не так поняли: это фамилия моя — Яичница.

Жевакин (кланяясь). Ах, извините. Я немножко туговат на ухо. Я, право, думал, что вы изволили сказать, что покушали яичницу.

Иван Павлович. Да что делать. Я хотел было уже просить генерала, чтобы позволил называться мне Яичницын, да свои отговорили: говорят, будет похоже на собачий сын.

Жевакин. А это, однакож, бывает. У нас вся третья эскадра, все офицеры и матросы, — все были с престранными фамилиями: *Помойкин, Ярыжкин, Перепреев лейтенант*; а один мичман, и даже хороший мичман, был по фамилии просто *Дырка*. И капитан бывало: "эй ты, Дырка, поди сюда!" И, бывало, над ним всегда пошутишь: "эх ты, дырка эдакой!" говоришь бывало ему. *(Слышен в сенях звонок; Фекла бежит через комнату отворять).*

Яичница. А, здравствуй, матушка!

Жевакин. Здравствуй; как живешь, душа моя?

Анучкин. Здравствуйте, матушка, Фекла Ивановна.

Фекла (бежит впопыхах). Спасибо, отцы мои; здорова, здорова. *(Отворяет дверь; в сенях раздаются голоса: "Дома?" — "Дома". Потом несколько почти неслышных слов, на которые Фекла отвечает с досадою: "смотри ты какой!").*

ЯВЛЕНИЕ XVII

Те же, *Кочкарев, Подколесин и Фекла*.

Кочкарев (Подколесину). Ты помни: только кураж и больше ничего. *(Оглядывается и раскланивается с некоторым изумлением; про себя).* Фу ты, какая куча народу. Это что значит? Уж не женихи ли? *(Толкает Феклу и говорит ей тихо).* С которых сторон понабрала ворон — а?

Фекла (вполголоса). Тут тебе ворон нет, всё честные люди.

Кочкарев (ей). Гости-то несчитанные, кафтаны общипанные.

Фекла. Гляди налёт на свой полёт, а и похвастаться нечем: шапка в рубль, а щи без круп.

Кочкарев. Небось, твои разживные, по дыре в кармане. *(Вслух).* Да что она делает теперь? Ведь эта дверь, верно, к ней в спальню? *(Подходит к двери).*

Фекла. Бесстыдник! Говорят тебе, еще одевается.

Кочкарев. Эка беда! Что ж тут такого? Ведь только посмотрю и больше ничего. *(Смотрит в замочную скважину).*

Жевакин. А позвольте мне полюбопытствовать тоже.

Яичница. Позвольте взглянуть мне только один разочек.

Кочкарев (продолжая смотреть). Да ничего не видно, господа. И распознать нельзя, что такое белеет, женщина или подушка. *(Все, однакож, обступают дверь и продираются взглянуть).*

Кочкарев. Чш... кто-то идет. *(Все отскакивают прочь).*

ЯВЛЕНИЕ XVIII

Те же, Арина Пантелеймоновна и Агафья Тихоновна. (Все раскланиваются).

Арина Пантелеймоновна. А по какой причине — изволили одолжить посещением?

Яичница. А по газетам узнал я, что желаете вступить в подряды насчет поставки лесу и дров, и потому, находясь в должности экзекутора при казенном месте, я пришел узнать, какого роду лес, в каком количестве и к какому времени можете его поставить.

Арина Пантелеймоновна. Хоть подрядов никаких не берем, а приходу рады. А как по фамилии?

Яичница. Коллежский асессор, Иван Павлович Яичница.

Арина Пантелеймоновна. Прошу покорнейше садиться. *(Обращается к Жевакину и смотрит на него).* А позвольте узнать...

Жевакин. Я тоже, в газетах вижу объявляют о чем-то. Дай-ка, думаю себе, пойду. Погода же показалась хорошею, по дороге везде травка...

Арина Пантелеймоновна. А как-с по фамилии?

Жевакин. А лейтенант морской службы в отставке, Балтазар Балтазаров Жевакин 2-й. Был у нас еще другой Жевакин, да тот еще прежде моего вышел в отставку: был ранен, матушка, под коленком, и пуля так странно прошла, что коленка-то самого не тронула, а по жиле прохватила — как иголкой сшило, так что когда, бывало, стоишь с ним, всё кажется, что он хочет тебя коленком сзади ударить.

Арина Пантелеймоновна. А прошу покорнейше садиться. *(Обращаясь к Анучкину).* А позвольте узнать, по какой причине?...

Анучкин. По соседству-с. Находясь довольно в близком соседстве.

Арина Пантелеймоновна. Не в доме ли купеческой жены Тулубовой, что насупротив, изволите жить?

Анучкин. Нет, я покамест живу еще на Песках, но имею, однакоже, намерение со временем перебраться сюда-с в соседство, в эту часть города.

Арина Пантелеймоновна. А прошу покорнейше садиться. *(Обращаясь к Кочкареву).* А позвольте узнать...

Кочкарев. Да неужли вы меня не узнаете? *(Обращаясь к Агафье Тихоновне).* И вы также, сударыня?

Агафья Тихоновна. Сколько мне кажется, совсем не видала вас.

Кочкарев. Однакож припомните. Вы меня, верно, где-нибудь видели.

Агафья Тихоновна. Право, не знаю. Уж разве не у Бирюшкиных ли?

Кочкарев. Именно у Бирюшкиных.

Агафья Тихоновна. Ах, ведь вы не знаете, с ней ведь история случилась.

Кочкарев. Как же, вышла замуж.

Агафья Тихоновна. Нет, это бы еще хорошо, а то переломила ногу.

Арина Пантелеймоновна. И сильно переломила. Возвращалась довольно поздо домой на дрожках, а кучер-то был пьян и вывалил с дрожек.

Кочкарев. Да то-то, я помню, что-то было: или вышла замуж, или переломила ногу.

Арина Пантелеймоновна. А как по фамилии?

Кочкарев. Как же, Илья Фомич Кочкарев, в родстве ведь мы. Жена моя беспрестанно говорит о том... Позвольте, позвольте. *(Берет за руку Подколесина и подводит его).* Приятель мой, Подколесин Иван Кузьмич; надворный советник; служит экспедитором, один все дела делает, усовершенствовал отличнейше свою часть.

Арина Пантелеймоновна. А как по фамилии?

Кочкарев. Подколесин Иван Кузьмич, Подколесин. Директор так только для чина поставлен, а все дела он делает. Иван Кузьмич Подколесин.

Арина Пантелеймоновна. Так-с. Прошу покорнейше садиться.

ЯВЛЕНИЕ XIX

Те же и Стариков.

Стариков (кланяясь живо и скоро, по купечески и слегка берясь в бока). Здравствуйте, Арина Пантелеевна. Ребята на Гостином дворе сказывали, что продаете шерсть, матушка!

Агафья Тихоновна (отворачиваясь с пренебрежением, вполголоса, но так, что он слышит). Здесь не купеческая лавка.

Стариков. Вона! Аль невпопад пришли? Аль и без нас дело сварили?

Арина Пантелеймоновна. Прошу, прошу, Алексей Дмитриевич; хоть шерсти не продаем, а приходу рады. Прошу покорно садиться.

(Все уселись. Молчание).

Яичница. Странная погода нынче: поутру совершенно было похоже на дожжик, а теперь как будто и прошло.

Агафья Тихоновна. Да-с, уж эта погода ни на что не похожа: иногда ясно, а в другое время совершенно дождливая. Очень большая неприятность.

Жевакин. Вот в Сицилии, матушка, мы были с эскадрой в весеннее время: если пригонять, так выйдет к нашему февралю; выйдешь, бывало, из дому: день солнечный, а потом эдак дожжик, и смотришь, точно как будто дожжик.

126

Яичница. Неприятнее всего, когда в такую погоду сидишь один. Женатому человеку совсем другое дело — не скучно; а если в одиночестве — так это просто...

Жевакин. О, смерть, совершенная смерть.

Анучкин. Да-с, это можно сказать...

Кочкарев. Какое — просто терзанье! Жизни не будешь рад. Не приведи бог испытать такое положение.

Яичница. А как, сударыня, если бы пришлось вам избрать предмет? Позвольте узнать ваш вкус. Извините, что я так прямо. В какой службе вы полагаете быть приличнее мужу?

Жевакин. Хотели ли бы вы, сударыня, иметь мужем человека, знакомого с морскими бурями?

Кочкарев. Нет, нет. Лучший, по моему мнению, муж есть человек, который один почти управляет всем департаментом.

Анучкин. Почему же предубеждение? Зачем вы хотите оказать пренебрежение к человеку, который хотя, конечно, служил в пехотной службе, но умеет, однакож, ценить обхождение высшего общества.

Яичница. Сударыня, разрешите вы!

Агафья Тихоновна молчит.

Фекла. Отвечай же, мать моя, скажи им что-нибудь.

Яичница. Как же, матушка?

Кочкарев. Как же ваше мнение, Агафья Тихоновна?

Фекла (тихо ей). Скажи же, скажи: благодарствую, мол, с моим удовольствием. Нехорошо же так сидеть.

Агафья Тихоновна (тихо). Мне стыдно, право стыдно; я уйду, право уйду. Тетушка, посидите за меня.

Фекла. Ах, не делай этого сраму, не уходи; совсем острамишься. Они ни весть что подумают.

Агафья Тихоновна (так же). Нет, право уйду. Уйду, уйду!

(Убегает. Фекла и Арина Пантелеймоновна уходят вслед за нею).

ЯВЛЕНИЕ XX

Те же, кроме ушедших.

Яичница. Вот тебе на, и ушли все! Это что значит?

Кочкарев. Что-нибудь, верно, случилось.

Жевакин. Как-нибудь насчет дамского туалетца... Эдак поправить что-нибудь... манишечку... пришпилить.

(Фекла входит. Все к ней навстречу с вопросами: "что, что такое?")

Кочкарев. Что-нибудь случилось?

Фекла. Как можно, чтобы случилось. Ей богу, ничего не случилось.

Кочкарев. Да зачем же она вышла?

Фекла. Да пристыдили, потому и вышла; совсем исконфузили, так что не высидела на месте. Просит извинить: ввечеру-де на чашку чаю чтобы пожаловали. *(Уходит).*

Яичница (в сторону). Ох, уж эта мне чашка чаю. Вот за что не люблю сватаний; пойдет возня: сегодня нельзя, да пожалуйте завтра, да еще послезавтра на чашку, да нужно еще додумать. А ведь дело дрянь, ничуть не головоломное. Чорт побери, я человек должностной, мне некогда.

Кочкарев (Подколесину). А ведь хозяйка недурна — а?

Подколесин. Да, недурна.

Жевакин. А ведь хозяечка-то хороша.

Кочкарев (в сторону). Вот чорт побери! Этот дурак влюбился.

Еще будет мешать, пожалуй. *(Вслух).* Совсем нехороша, совсем нехороша.

Яичница. Нос велик.

Жевакин. Ну, нет, носа я не заметил. Она... эдакой розанчик.

Анучкин. Я сам тоже их мнения. Нет, не то, не то... Я даже думаю, что вряд ли она знакома с обхождением высшего общества. Да и знает ли она еще по-французски.

Жевакин. Да что ж вы, смею спросить, не попробовали, не поговорили с ней по-французски? Может быть, и знает.

Анучкин. Вы думаете, я говорю по-французски? Нет, я не имел счастия воспользоваться таким воспитанием. Мой отец был мерзавец, скотина. Он и не думал меня выучить французскому языку. Я был тогда еще ребенком, меня легко было приучить, стоило только посечь хорошенько, и я бы знал, я бы непременно знал.

Жевакин. Ну, да теперь же, когда вы не знаете, что ж вам за прибыль, если она...

Анучкин. А нет, нет. Женщина совсем другое дело. Нужно, чтобы она непременно знала, а без того у ней и то и это...*(показывает жестами)* всё уж будет не то.

Яичница (в сторону). Ну, об этом заботься кто другой. А я пойду да обсмотрю со двора дом и флигеля; если только всё, как следует, так сего же вечера добьюсь дела. Эти женишки мне не опасны. Народ что-то больно жиденький. Таких невесты не любят.

Жевакин. Пойти выкурить трубочку. А что, не по дороге ли нам? Вы где, позвольте спросить, живете?

Анучкин. А на Песках, в Петровском переулке.

Жевакин. Да-с, будет круг: я на острову, в 18-й линии, а впрочем всё-таки я вас попровожу.

Стариков. Нет, тут что-то спесьевато. Ай, припомните потом, Агафья Тихоновна, и нас. С моим почтением, господа. *(Кланяется и уходит).*

ЯВЛЕНИЕ XXI

Подколесин и Кочкарев.

Подколесин. А что ж, пойдем и мы.

Кочкарев. Ну, что, ведь правда, хозяйка мила?

Подколесин. Да что! Мне, признаюсь, она не нравится.

Кочкарев. Вот на! Это что? Да ведь ты сам согласился, что она хороша.

Подколесин. Да так, как-то не того: и нос длинный, и по-французски не знает.

Кочкарев. Это еще что? тебе на что по-французски?

Подколесин. Ну, всё-таки невеста должна знать по-французски.

Кочкарев. Почему ж?

Подколесин. Да потому, что... уж я не знаю почему, а всё уж будет у ней не то...

Кочкарев. Ну, вот. Дурак сейчас один сказал, а он и уши развесил. Она красавица, просто красавица; такой девицы не сыщешь нигде.

Подколесин. Да мне самому сначала она было приглянулась, да после, как начали говорить: длинный нос, длинный нос — ну, я рассмотрел, и вижу сам, что длинный нос.

Кочкарев. Эх, ты, пирей, не нашел дверей. Они нарочно толкуют, чтобы тебя отвадить; и я тоже не хвалил — так уж делается. Это, брат, такая девица! Ты рассмотри только глаза ее: ведь это, чорт знает, что за глаза: говорят, дышут. А нос? Я не знаю, что за нос! белизна — алебастр! Да и алебастр не всякий сравнится. Ты рассмотри сам хорошенько.

Подколесин (улыбаясь). Да теперь-то я опять вижу, что она как будто хороша.

Кочкарев. Разумеется, хороша. Послушай, теперь, так как они все ушли, пойдем к ней, изъяснимся и всё кончим.

Подколесин. Ну, этого я не сделаю.

Кочкарев. Отчего ж?

Подколесин. Да что ж за нахальство? Нас много; пусть она сама выберет.

Кочкарев. Ну, да что тебе смотреть на них: боишься соперничества, что ли? Хочешь, я их всех в одну минуту спроважу?

Подколесин. Да как же ты их спроважишь?

Кочкарев. Ну, уж это мое дело. Дай мне только слово, что потом не будешь отнекиваться.

Подколесин. Почему ж не дать? Изволь. Я не отпираюсь: я хочу жениться.

Кочкарев. Руку!

Подколесин (подавая). Возьми!

Кочкарев. Ну, этого только мне и нужно.

(Оба уходят.)

ДЕЙСТВИЕ ВТОРОЕ

Комната в доме Агафьи Тихоновны.

ЯВЛЕНИЕ I

Агафья Тихоновна одна; потом Кочкарев.

Агафья Тихоновна. Право, такое затруднение — выбор! Если бы еще один, два человека, а то четыре — как хочешь, так и выбирай. Никанор Иванович недурен, хотя, конечно, худощав; Иван Кузьмич тоже недурен. Да если сказать правду, Иван Павлович тоже, хоть и толст, а ведь очень видный мужчина. Прошу покорно, как тут быть? Балтазар Балтазарович опять мужчина с достоинствами. Уж как трудно решиться, так просто рассказать нельзя, как трудно! Если бы губы Никанора Ивановича да приставить к носу Ивана Кузьмича, да взять сколько-нибудь развязности, какая у Балтазара Балтазарыча, да, пожалуй, прибавить к этому еще дородности Ивана Павловича — я бы тогда тотчас же решилась. А теперь поди подумай! просто голова даже стала болеть. Я думаю, лучше всего кинуть жребий. Положиться во всем на волю божию: кто выкинется, тот и муж. Напишу их всех на бумажках, сверну в трубочки, да и пусть будет, что будет. *(Подходит к столику, вынимает оттуда ножницы и бумагу, нарезывает билетики и скатывает, продолжая говорить).* Такое несчастное положение девицы, особливо еще влюбленной. Из мужчин никто не войдет в это, и даже просто не хотят понять этого. Вот они все, уж готовы! Остается только положить их в ридикуль, зажмурить глаза, да и пусть будет, что будет. *(Кладет билетики в ридикуль и мешает их рукою).* Страшно... Ах, если бы бог дал, чтобы вынулся Никанор Иванович; нет, отчего же он? Лучше ж Иван Кузьмич. Отчего же Иван Кузьмич? чем же худы те, другие?.. Нет, нет, не хочу... какой выберется, такой пусть и будет. *(Шарит рукою в ридикуле и вынимает вместо одного все).* Ух! все! все вынулись! А сердце так и колотится! Нет, одного! одного! непременно одного. *(Кладет билетики в ридикуль и мешает. В это время входит потихоньку*

Кочкарев и становится позади). Ах, если бы вынуть Балтазара... что я! хотела сказать Никанора Ивановича... Нет, не хочу, не хочу. Кого прикажет судьба.

Кочкарев. Да возьмите Ивана Кузьмича, всех лучше.

Агафья Тихоновна. Ах! *(вскрикивает и закрывает лицо обеими руками, страшась взглянуть назад).*

Кочкарев. Да чего ж вы испугались? Не пугайтесь, это я. Право, возьмите Ивана Кузьмича.

Агафья Тихоновна. Ах, мне стыдно: вы подслушали.

Кочкарев. Ничего, ничего! Ведь я свой, родня, передо мною нечего стыдиться; откройте же ваше личико.

Агафья Тихоновна (вполовину открывая лицо). Мне, право, стыдно.

Кочкарев. Ну, возьмите же Ивана Кузьмича.

Агафья Тихоновна. Ах! *(вскрикивает и закрывается вновь руками).*

Кочкарев. Право, чудо человек, усовершенствовал часть свою... просто удивительный человек.

Агафья Тихоновна (понемногу открывает лицо). Как же, а другой? А Никанор Иванович — ведь он тоже хороший человек.

Кочкарев. Помилуйте, это дрянь против Ивана Кузьмича.

Агафья Тихоновна. Отчего же?

Кочкарев. Ясно отчего. Иван Кузьмич человек... ну просто человек... человек, каких не сыщешь.

Агафья Тихоновна. Ну, а Иван Павлович?

Кочкарев. И Иван Павлович дрянь, все они дрянь.

Агафья Тихоновна. Будто бы уж все?

Кочкарев. Да вы только посудите, сравните только; это, как бы то ни было, Иван Кузьмич! А ведь то, что ни попало: Иван Павлович, Никанор Иванович, чорт знает что такое.

Агафья Тихоновна. А ведь, право, они очень... скромные.

Кочкарев. Какое скромные! Драчуны, самый буйный народ. Охота же вам быть прибиту на другой день после свадьбы.

Агафья Тихоновна. Ах, боже мой! Уж это точно такое несчастие, хуже которого не может быть.

Кочкарев. Еще бы! Хуже этого и не выдумаешь ничего...

Агафья Тихоновна. Так по вашему совету лучше взять Ивана Кузьмича?

Кочкарев. Ивана Кузьмича, натурально Ивана Кузьмича. *(В сторону).* Дело, кажется, идет на лад. Подколесин сидит в кондитерской, пойти поскорей за ним.

Агафья Тихоновна. Так вы думаете — Ивана Кузьмича?

Кочкарев. Непременно Ивана Кузьмича.

Агафья Тихоновна. А тем другим разве отказать?

Кочкарев. Конечно, отказать.

Агафья Тихоновна. Да ведь как же это сделать? как-то стыдно.

Кочкарев. Почему ж стыдно? Скажите, что еще молоды и не хотите замуж.

Агафья Тихоновна. Да ведь они не поверят, станут спрашивать: да почему, да как?

Кочкарев. Ну, так, если вы хотите кончить за одним разом, скажите просто: пошли вон, дураки!

Агафья Тихоновна. Как же можно так сказать?

Кочкарев. Ну, да уж попробуйте. Я вас уверяю, что после этого все выбегут вон.

Агафья Тихоновна. Да ведь это выдет уж как-то бранно.

Кочкарев. Да ведь вы больше их не увидите, так не всё ли равно?

Агафья Тихоновна. Да всё как-то нехорошо... они ведь рассердятся.

Кочкарев. Какая ж беда, если рассердятся? Если бы из этого что бы нибудь вышло, тогда другое дело; а ведь здесь самое большее, если кто-нибудь из них плюнет в глаза — вот и всё.

Агафья Тихоновна. Ну, вот, видите!

Кочкарев. Да что же за беда? Ведь иным плевали несколько раз, ей богу! Я знаю тоже одного: прекраснейший собой мужчина, румянец во всю щеку; до тех пор егозил и надоедал своему начальнику о прибавке жалованья, что тот наконец не вынес — плюнул в самое лицо, ей богу! "Вот тебе", говорит, "твоя прибавка, отвяжись, сатана!" А жалованья, однакоже, всё-таки прибавил. Так что ж из того, что плюнет? Если бы, другое дело, был далеко платок, а то ведь он тут же в кармане — взял да и вытер. *(В сенях звонят).* Стучатся: кто-нибудь из них, верно; я бы не хотел теперь с ними встретиться. Нет ли у вас там другого выхода?

Агафья Тихоновна. Как же, по черной лестнице. Но, право, я вся дрожу.

Кочкарев. Ничего, только присутствие духа. Прощайте. *(В сторону).* Поскорей приведу Подколесина.

ЯВЛЕНИЕ II

Агафья Тихоновна и Яичница.

Яичница. Я нарочно, сударыня, пришел немного пораньше, чтобы поговорить с вами насдине, на досуге. Ну, сударыня, насчет чина, я уже полагаю, вам известно: служу коллежским асессором, любим начальниками, подчиненные слушаются, недостает только одного: подруги жизни.

Агафья Тихоновна. Да-с.

Яичница. Теперь я нахожу подругу жизни. Подруга эта вы. Скажите напрямик: да или нет? *(Смотрит ей в плеча; в сторону).* О, она не то, что как бывают худенькие немки — кое-что есть.

Агафья Тихоновна. Я еще очень молода-с... не расположена еще замуж...

Яичница. Помилуйте, а сваха зачем хлопочет? Но, может быть, вы хотите что-нибудь другое сказать, изъяснитесь...*(Слышен колокольчик).* Чорт побери, никак не дадут делом заняться.

ЯВЛЕНИЕ III

Те же и Жевакин.

Жевакин. Извините, сударыня, что я, может быть, слишком рано. *(Оборачивается и видит Яичницу).* Ах, уж есть... Ивану Павловичу мое почтение.

Яичница (в сторону). Провалился бы ты с своим почтением! *(Вслух).* Так как же, сударыня? Скажите одно только слово: да или нет?.. *(Слышен колокольчик; Яичница плюет с сердцов).* Опять колокольчик!

ЯВЛЕНИЕ IV

Те же и Анучкин.

Анучкин. Может быть, я, сударыня, ранее, чем следует и повелевает долг приличия...*(Видя прочих, испускает восклицание и раскланивается).* Мое почтение.

Яичница (в сторону). Возьми себе свое почтение? Нелегкая тебя принесла, подломились бы тебе твои поджарые ноги! *(Вслух).* Так как же, сударыня, решите,— я человек должностной, времени у меня немного. Да или нет?

Агафья Тихоновна, (в смущении). Не нужно-с... не нужно-с...*(В сторону).* Ничего не понимаю, что говорю.

136

Яичница. Как не нужно? В каком отношении не нужно?

Агафья Тихоновна. Ничего-с, ничего... Я не того-с...*(Собираясь с духом).* Пошли вон!.. *(В сторону, всплеснувши руками).* Ах, боже мой! что я такое сказала?

Яичница. Как пошли вон? Что такое значит: пошли вон? Позвольте узнать, что вы разумеете под этим? *(Подбоченившись, подступает к ней грозно).*

Агафья Тихоновна (взглянув ему в лицо, вскрикивает). Ух, прибьет, прибьет! *(Убегает. Яичница стоит, разинувши рот. Вбегает на крик Арина Пантелеймоновна и, взглянув ему в лицо, вскрикивает тоже: "ух, прибьет!" и убегает).*

Яичница. Что за притча такая! Вот, право, история! *(В дверях звенит звонок, и слышны голоса).*

Голос Кочкарева. Да входи, входи, что ж ты остановился?

Голос Подколесина. Да ступай ты вперед. Я только на минуту оправлюсь, расстегнулась стремешка.

Голос Кочкарева. Да ты улизнешь опять.

Голос Подколесина. Нет, не улизну! Ей богу, не улизну!

ЯВЛЕНИЕ V

Те же и Кочкарев.

Кочкарев. Ну, вот, очень нужно поправлять стремешку.

Яичница (обращаясь к нему). Скажите, пожалуйста, невеста дура, что ли?

Кочкарев. А что? случилось разве что?

Яичница. Да непонятные поступки; выбежала, стала кричать: прибьет, прибьет! Чорт знает что такое.

137

Кочкарев. Ну да, это за ней водится. Она дура.

Яичница. Скажите, ведь вы ей родственник?

Кочкарев. Как же, родственник.

Яичница. А как родственник, позвольте узнать.

Кочкарев. Право, не знаю: как-то тетка моей матери что-то такое ее отцу, или отец ее что-то такое моей тетке — об этом знает жена моя, это их дело.

Яичница. И давно за ней водится дурь?

Кочкарев. А еще с самого сызмала.

Яичница. Да, конечно, лучше, если бы она была умней; а впрочем и дура тоже хорошо; были бы только статьи прибавочные в хорошем порядке.

Кочкарев. Да ведь за ней ничего нет.

Яичница. Как так, а каменный дом?

Кочкарев. Да ведь только слава, что каменный, а знали бы вы, как он выстроен; стены ведь выведены в один кирпич, а в середине всякая дрянь — мусор, щепки, стружки.

Яичница. Что вы?

Кочкарев. Разумеется. Будто не знаете, как теперь строятся домы? Лишь бы только в ломбард заложить.

Яичница. Однакож ведь дом не заложен.

Кочкарев. А кто вам сказал? Вот в том-то и дело, не только заложен, да за два года еще проценты не выплачены. Да в сенате есть еще брат, который тоже запускает глаза на дом; сутяги такого свет не производил: с родной матери последнюю юбку снял, безбожник.

Яичница. Как же мне старуха сваха... Ах она, бестия эдакая, изверг рода челове...(*В сторону*). Однакож он, может быть, и врет. Под строжайший допрос старуху! И если только правда... ну... я заставлю запеть не так, как другие поют.

Анучкин. Позвольте вас побеспокоить тоже вопросом.

138

Признаюсь, не зная французского языка, чрезвычайно трудно судить самому, знает ли женщина по-французски или нет. Как хозяйка дома, знает?..

Кочкарев. Ни бельмеса.

Анучкин. Что вы?

Кочкарев. Как же? я это очень хорошо знаю. Она училась вместе с женой в пансионе, известная была ленивица, вечно в дурацкой шапке сидит. А французский учитель просто бил ее палкой.

Анучкин. Представьте же, что у меня с первого разу, как только ее увидел, было какое-то предчувствие, что она не знает по-французски.

Яичница. Ну, чорт с французским! Но как сваха-то проклятая... Ах ты, бестия эдакая, ведьма! Ведь если б вы знали, какими словами она расписала! Живописец, вот совершенный живописец! "Дом, флигеля", говорит, "на фундаментах, серебряные ложки, сани", вот садись, да и катайся — словом, в романе редко выберется такая страница. Ах ты, подошва ты старая! Попадись только ты мне...

ЯВЛЕНИЕ VI

Те же и Фекла. (Все, увидев ее, обращаются к ней со следующими словами).

Яичница. А! вот она! А подойди-ка сюда, старая греховодница! а подойди-ка сюда!

Анучкин. Так-то вы обманули меня, Фекла Ивановна?

Кочкарев. Ну-ка, ступай, Варвара, на расправу!

Фекла. И ни слова не разберу: оглушили совсем.

Яичница. Дом строен в один кирпич, старая подошва, а ты наврала: и с мезонинами, и чорт знает с чем.

Фекла. А не знаю, не я строила. Может быть, нужно было в один кирпич, оттого так и построили.

Яичница. Да и в ломбард еще заложен! Черти б тебя съели, ведьма ты проклятая! *(притопывая ногой).*

Фекла. Смотри ты какой! Еще и бранится. Иной бы благодарить стал за удовольствие, что хлопотала о нем.

Анучкин. Да, Фекла Ивановна, вот вы и мне тоже насказали, что она знает по-французски.

Фекла. Знает, родимый, всё знает, и по-немецкому, и по-всякому; какие хочешь манеры — всё знает.

Анучкин. Ну, нет; кажется, она только по-русски и говорит.

Фекла. Что ж тут худого? Понятливее по-русски, потому и говорит по-русски. А кабы умела по-басурмански, то тебе же хуже, и сам бы не понял ничего. Уж тут нечего толковать про русскую речь — речь звестно какая: все святые говорили по-русски.

Яичница. А подойди-ка сюда, проклятая, подойди-ка ко мне!

Фекла (пятясь ближе к дверям). И не подойду, я знаю тебя. Ты человек тяжелый, ни за что прибьешь.

Яичница. Ну, смотри, голубушка, это не пройдет тебе. Вот я тебя как сведу в полицию, так ты у меня будешь знать, как обманывать честных людей. Вот ты увидишь! А невесте скажи, что она подлец! Слышишь, непременно скажи. *(Уходит).*

Фекла. Смотри ты какой! расходился как! Что толст, так думает, ему и равного никого нет. А я скажу, что ты сам подлец, вот что!

Анучкин. Признаюсь, любезнейшая, никак не думал я, чтобы вы стали так обманывать. Знай я, что невеста с таким образованием, да я... да и нога бы моя, просто, не была здесь. Вот как-с. *(Уходит).*

Фекла. Белены объелись или выпили лишнее. Вишь переборщики нашлись какие! Свела с ума глупая грамота!

ЯВЛЕНИЕ VII

Фекла, Кочкарев, Жевакин.

Кочкарев хохочет во все горло, смотря на Феклу и указывая на нее пальцом.

Фекла (с досадою). Ты что горло дерешь?

Кочкарев продолжает хохотать.

Фекла. Эк как разобрало его!

Кочкарев. Сваха-то! сваха-то! Мастерица женить, знает, как повести дело! *(Продолжает хохотать).*

Фекла. Эк его заливается! Знать, покойница свихнула с ума в тот час, как тебя рожала. *(Уходит с досадою).*

ЯВЛЕНИЕ VIII

Кочкарев, Жевакин.

Кочкарев (продолжая хохотать). Ох, не могу, право, не могу, силы не выдержат, чувствую, что тресну от смеха! *(Продолжает хохотать).*

Жевакин, глядя на него, начинает тоже смеяться.

Кочкарев (в усталости валится на стул). Ох, право, выбился из сил. Чувствую, что если засмеюсь еще, порву последние жилы.

Жевакин. Мне нравится веселость вашего нрава. У нас в эскадре капитана Болдырева был мичман Петухов, Антон Иванович; тоже эдак был веселого нрава. Бывало, ему, ничего больше, покажешь эдак один палец — вдруг засмеется, ей богу, и до самого вечера смеется. Ну, глядя на него, бывало, и себе сделается смешно, и смотришь, наконец, и сам точно эдак смеешься.

Кочкарев (переводя дыханье). Ох, господи, помилуй нас грешных! Ну, что она вздумала, дура? Ну, куда ж ей женить, ей ли женить? Вот я женю, так женю.

Жевакин. Нет? Так вы можете не в шутку женить?

Кочкарев. Еще бы. Кого угодно на ком угодно.

Жевакин. Если так, жените меня на здешней хозяйке.

Кочкарев. Вас? Да зачем вам жениться?

Жевакин. Как зачем? Вот, позвольте заметить, странный немножко вопрос! А известное дело зачем.

Кочкарев. Да ведь вы слышали, у ней приданого ничего нет.

Жевакин. На нет и суда нет. Конечно, это дурно, а впрочем с эдакою прелюбезною девицею, с ее обхожденьями, можно прожить и без приданого. Небольшая комнатка *(размахивает примерно руками)*... Эдак здесь маленькая прихожая, небольшая ширмочка, или какая-нибудь в роде эдакой перегородки...

Кочкарев. Да что вам в ней так понравилось?

Жевакин. А сказать правду, мне понравилась она потому, что полная женщина. Я большой аматёр со стороны женской полноты.

Кочкарев (поглядывая на него искоса, говорит в сторону). А ведь сам уж куды не пощеголяет; точно кисет, из которого вытрясли табак. *(Вслух).* Нет, вам совсем не следует жениться.

Жевакин. Как так?

Кочкарев. Да так. Ну, что у вас за фигура, между нами будь сказано? Нога петушья...

Жевакин. Петушья?

Кочкарев. Конечно. Что с вас за вид!

Жевакин. То-есть, как, однакоже, петушья нога?

Кочкарев. Да просто петушья.

Жевакин. Мне, кажется, это, однакож, касается насчет личности...

Кочкарев. Да ведь я говорю потому, что, знаю, вы рассудительный человек; другому я не скажу. Я вас женю, извольте, только на другой.

Жевакин. Нет, уж я бы просил, чтобы на другой меня не женили. Уж будьте эдак благодетельны, чтобы на этой.

Кочкарев. Извольте, женю, только с условием: вы не мешайтесь ни во что и не показывайтесь даже на глаза невесте. Я всё сделаю без вас.

Жевакин. Да как, однакоже, всё без меня? Всё-таки мне хоть на глаза нужно будет показаться.

Кочкарев. Совсем не нужно. Идите домой и ждите: сего же вечера всё будет сделано.

Жевакин (потирает руки). А вот это уж куды бы хорошо. Да не нужно ли аттестат, послужной список? Может быть, невеста захочет полюбопытствовать. Я сбегаю за ними в минуту.

Кочкарев. Ничего не нужно, отправляйтесь только домой. Я вам сегодня же дам знать. *(Выпровожает его).* Да, чорта с два, как бы не так! Что ж это? Что ж это Подколесин не идет? Это, однакож, странно. Неужли он до сих пор поправляет свою стремешку? Уж не побежать ли за ним?

ЯВЛЕНИЕ IX

Кочкарев, Агафья Тихоновна.

Агафья Тихоновна (всматриваясь). Что, ушли? никого нет?

Кочкарев. Ушли, ушли, никого.

Агафья Тихоновна. Ах, если бы вы знали, как я вся дрожала!

Эдакого, точно, еще никогда не бывало со мною. Но только какой страшный этот Яичница! Какой он должен быть тиран для жены. Мне всё так вот и кажется, что он сейчас воротится.

Кочкарев. О, ни за что не воротится. Я ставлю голову, если который-нибудь из них двух покажет нос свой здесь.

Агафья Тихоновна. А третий?

Кочкарев. Какой третий?

Жевакин (высовывая голову в двери). Смерть хочется знать, как она будет изъясняться обо мне своим ротиком... розанчик эдакой!

Агафья Тихоновна. А Балтазар Балтазарович?

Жевакин. А вот оно! вот оно! *(Потирает руки).*

Кочкарев. Фу ты пропасть! Я думал, о ком вы говорите. Да ведь это просто чорт знает что, набитый дурак.

Жевакин. Это что такое? Уж этого я, признаюсь, никак не понимаю.

Агафья Тихоновна. А он, однакоже, на вид показался очень хорошим человеком.

Кочкарев. Пьяница!

Жевакин. Ей богу, не понимаю.

Агафья Тихоновна. Неужели и пьяница еще?

Кочкарев. Помилуйте, отъявленный мерзавец.

Жевакин (громко). Нет, позвольте, уж этого я никак не просил вас говорить. Что-нибудь замолвить в мой профит, похвалить — другое дело; а чтобы эдаким образом, эдакими словами — уж извольте разве кого-нибудь другого, а уж я слуга покорный.

Кочкарев (в сторону). Как это угораздило его подвернуться? *(Агафье Тихоновне вполголоса).* Смотрите, смотрите: на ногах не держится. Эдакое мыслете он всякий день пишет. Прогоните его, да и концы в воду! *(В сторону).* А Подколесина нет как нет. Экой мерзавец! Уж я ж вымещу на нем. *(Уходит).*

ЯВЛЕНИЕ X

Агафья иТихоновна и Жевакин.

Жевакин (в сторону). Обещался хвалить, а вместо того выбранил! Престранный человек! *(Вслух).* Вы, сударыня, не верьте...

Агафья Тихоновна. Извините, мне нездоровится... болит-с голова. *(Хочет уйти).*

Жевакин. Но, может быть, вам что-нибудь во мне не нравится? *(Указывая на голову).* Вы не глядите на то, что у меня здесь маленькая плешина. Это ничего, это от лихорадки; волоса сейчас вырастут.

Агафья Тихоновна Мне все равно-с, что б у вас там ни было.

Жевакин. У меня, сударыня... если надену черный фрак, так цвет лица будет побелее.

Агафья Тихоновна. Для вас лучше. Прощайте! *(Уходит).*

ЯВЛЕНИЕ XI

Жевакин (один, говорит вслед ей).

Сударыня, позвольте, скажите причину: зачем? почему? Или во мне какой-либо существенный есть изъян, что ли?.. Ушла! Престранный случай! Вот уж никак в семнадцатый раз случается со мною, и всё почти одинаким образом: кажется, эдак сначала всё хорошо, а как дойдет дело до развязки — смотришь, и откажут. *(Ходит по комнате в размышлении).* Да... Вот эта уж будет никак семнадцатая невеста! И чего же ей, однакож, хочется? Чего бы ей, например, эдак... с какой стати. *(Подумав).* Темно, чрезвычайно темно! Добро бы был нехорош чем. *(Осматривается).* Кажется, нельзя сказать этого; всё слава богу, натура не обидела. Непонятно. Разве не пойти ли домой, да порыться в сундучке? Там у меня были стишки, против которых точно ни одна не устоит... Ей богу, уму непонятно! Сначала, кажись, повезло... Видно, приходится поворотить назад оглобли. А жаль, право жаль. *(Уходит)*.

ЯВЛЕНИЕ XII

Подколесин и Кочкарев (входят и оба оглядываются назад).

Кочкарев. Он не заметил нас! Видел, с каким длинным носом вышел?

Подколесин. Неужели и ему так же отказано, как и тем?

Кочкарев. Наотрез.

Подколесин (с самодовольною улыбкой). А преконфузно, однакоже, должно быть, если откажут.

Кочкарев. Еще бы!

Подколесин. Я всё еще не верю, чтобы она прямо сказала, будто предпочитает меня всем.

Кочкарев. Какое предпочитает! Она от тебя просто без памяти. Такая любовь: одних имен каких надавала, такая страсть — так просто и кипит.

Подколесин (самодовольно усмехается). А ведь в самом деле женщина, если захочет, каких слов не наскажет. Век бы не выдумал: мордашечка, таракашечка, чернушка...

Кочкарев. Что еще эти слова! Вот как женишься, так ты увидишь в первые два месяца, какие пойдут слова. Просто, брат, ну, вот так и таешь.

Подколесин (усмехается). Будто?

Кочкарев. Как честный человек! Послушай, теперь, однакож,

146

скорее к делу. Изъясни ей и открой сию же минуту сердце и требуй руки.

Подколесин. Но как же сию минуту? что ты!

Кочкарев. Непременно сию же минуту... А вот и она сама.

ЯВЛЕНИЕ XIII

Те же и Агафья Тихоновна.

Кочкарев. Я привел к вам, сударыня, смертного, которого вы видите. Еще никогда не было так влюбленного, просто не приведи бог, и неприятелю не пожелаю...

Подколесин (толкая его под руку, тихо). Ну, уж ты, брат, кажется, слишком.

Кочкарев (ему). Ничего, ничего. *(Ей тихо).* Будьте посмелее, он очень смирен, старайтесь быть как можно развязнее. Эдак поворотите как-нибудь бровями или, потупивши глаза, так вдруг и срезать его, злодея, или выставьте ему как-нибудь плечо, и пусть его, мерзавец, смотрит! Напрасно, впрочем, вы не надели платья с короткими рукавами: да, впрочем, и это хорошо. *(Вслух).* Ну, я оставляю вас в приятном обществе! Я на минуточку загляну только к вам в столовую и на кухню; нужно распорядиться — сейчас придет официант, которому заказан ужин; может быть, и вина принесены... До свиданья! *(Подколесину).* Смелее, смелее! *(Уходит).*

ЯВЛЕНИЕ XIV

Подколесин и Агафья Тихоновна.

Агафья Тихоновна. Прошу покорнейше садиться.

(Садятся и молчат).

Подколесин. Вы, сударыня, любите кататься?

Агафья Тихоновна. Как-с кататься?

Подколесин. На даче очень приятно летом кататься в лодке.

Агафья Тихоновна. Да-с, иногда с знакомыми прогуливаемся.

Подколесин. Какое-то лето будет — неизвестно.

Агафья Тихоновна. А желательно, чтобы было хорошее.

(Оба молчат).

Подколесин. Вы, сударыня, какой цветок больше любите?

Агафья Тихоновна. Который покрепче пахнет-с, гвоздику-с.

Подколесин. Дамам очень идут цветы.

Агафья Тихоновна. Да, приятное занятие.

(Молчание).

Агафья Тихоновна. В которой церкви вы были прошлое воскресенье?

Подколесин. В Вознесенской, а неделю назад тому был в Казанском соборе. Впрочем, молиться всё равно, в какой бы то ни было церкви. В той только украшение лучше.

(Молчат. Подколесин барабанит пальцами по столу).

Подколесин. Вот скоро будет екатерингофское гулянье.

Агафья Тихоновна. Да, чрез месяц, кажется.

Подколесин. Даже и месяца не будет.

Агафья Тихоновна. Должно быть, веселое будет гулянье.

Подколесин. Сегодня восьмое число. *(Считает по пальцам).* Девятое, десятое, одиннадцатое... чрез двадцать два дни.

Агафья Тихоновна. Представьте, как скоро!

Подколесин. Я сегодняшнего дни даже не считаю.

(Молчание).

Подколесин. Какой это смелый русский народ!

Агафья Тихоновна. Как?

Подколесин. А работники. Стоит на самой верхушку... Я проходил мимо дома, так щекатурщик штукатурит и не боится ничего.

Агафья Тихоновна. Да-с. Так это в каком месте?

Подколесин. А вот по дороге, по которой я хожу всякий день в департамент. Я ведь каждое утро хожу в должность.

(Молчание. Подколесин опять начинает барабанить пальцами, наконец берется за шляпу и раскланивается).

Агафья Тихоновна. А вы уже хотите?..

Подколесин. Да-с. Извините, что, может быть, наскучил вам.

Агафья Тихоновна. Как-с можно! Напротив, я должна благодарить за подобное препровождение времени.

Подколесин. (улыбаясь). А мне так, право, кажется, что я наскучил.

Агафья Тихоновна. Ах, право, нет.

Подколесин. Ну, так, если нет, так позвольте мне и в другое время вечерком когда-нибудь...

Агафья Тихоновна. Очень приятно-с. *(Раскланиваются. Подколесин уходит).*

ЯВЛЕНИЕ XV

Агафья Тихоновна (одна).

Какой достойный человек! Я теперь только узнала его

хорошенько; право, нельзя не полюбить: и скромный и рассудительный. Да, приятель его давича справедливо сказал; жаль только, что он так скоро ушел, а я бы еще хотела его послушать. Как приятно с ним говорить! И ведь главное то хорошо, что совсем не пустословит. Я было хотела ему тоже словца два сказать, да, признаюсь, оробела, сердце так стало биться. Какой превосходный человек! Пойду, расскажу тетушке. *(Уходит).*

ЯВЛЕНИЕ XVI

Подколесин и Кочкарев (входят).

Кочкарев. Да зачем домой? Вздор какой! Зачем домой?

Подколесин. Да зачем же мне оставаться здесь? Ведь я всё уже сказал, что следует.

Кочкарев. Стало быть, сердце ей ты уж открыл?

Подколесин. Да, вот только разве, что сердца еще не открыл.

Кочкарев. Вот-те история! Зачем же не открыл?

Подколесин. Ну, да как же ты хочешь, не поговоря прежде ни о чем, вдруг сказать сбоку-припеку: сударыня, дайте я на вас женюсь!

Кочкарев. Ну, да о чем же вы, о каком вздоре толковали битых полчаса?

Подколесин. Ну, мы переговорили обо всем, и, признаюсь, я очень доволен; с большим удовольствием провел время.

Кочкарев. Да послушай, посуди ты сам: когда же всё это успеем? Ведь через час нужно ехать в церковь под венец.

Подколесин. Что ты, с ума сошел? Сегодня под венец!

Кочкарев. Почему ж нет?

Подколесин. Сегодня под венец!

Кочкарев. Да ведь ты ж сам дал слово, сказал, что как только женихи будут прогнаны — сейчас готов жениться.

Подколесин. Ну, я и теперь не прочь от слова. Только не сейчас же; месяц, по крайней мере, нужно дать роздыху.

Кочкарев. Месяц!

Подколесин. Да, конечно.

Кочкарев. Да ты с ума сошел, что ли?

Подколесин. Да меньше месяца нельзя.

Кочкарев. Да ведь я официанту заказал ужин, бревно ты! Ну, послушай, Иван Кузьмич, не упрямься, душенька, женись теперь.

Подколесин. Помилуй, брат, что ты говоришь? Как же теперь?

Кочкарев. Иван Кузьмич, ну, я тебя прошу. Если не хочешь для себя, так для меня по крайней мере.

Подколесин. Да, право, нельзя.

Кочкарев. Можно, душа, всё можно; ну, пожалуйста, не капризничай, душенька!

Подколесин. Да, право, нет. Неловко, совсем неловко.

Кочкарев. Да что неловко? Кто тебе сказал это? Ты посуди сам. Ведь ты человек умный. Я говорю тебе это не с тем, чтобы к тебе подольститься, не потому, что ты экспедитор, а просто говорю из любви... Ну, полно же, душенька. Решись, взгляни оком благоразумного человека.

Подколесин. Да если бы было можно, так я бы...

Кочкарев. Иван Кузьмич! Лапушка, милочка! Ну, хочешь ли, я стану на колени перед тобой?

Подколесин. Да зачем же...

Кочкарев (становясь на колени). Ну, вот я и на коленях! Ну, видишь сам, прошу тебя. Век не забуду твоей услуги, пс упрямься, душенька!

Подколесин. Ну, нельзя, брат, право, нельзя.

Кочкарев (вставая, в сердцах). Свинья!

Подколесин. Пожалуй, бранись себе.

Кочкарев. Глупый человек! Еще никогда не было такого.

Подколесин. Бранись, бранись.

Кочкарев. Я для кого же старался, из чего бился? Всё для твоей, дурак, пользы. Ведь что мне? Я сейчас брошу тебя; мне какое дело?

Подколесин. Да кто ж просил тебя хлопотать? Пожалуй, бросай.

Кочкарев. Да ведь ты пропадешь, ведь ты без меня ничего не сделаешь. Не жени тебя, ведь ты век останешься дураком.

Подколесин. Тебе что до того?

Кочкарев. О тебе, деревянная башка, стараюсь.

Подколесин. Я не хочу твоих стараний.

Кочкарев. Ну, так ступай же к чорту!

Подколесин. Ну, и пойду.

Кочкарев. Туда тебе и дорога!

Подколесин. Что ж, и пойду.

Кочкарев. Ступай, ступай, и чтобы ты себе сейчас же переломил ногу. Вот от души посылаю тебе желание, чтобы тебе пьяный извозчик въехал дышлом в самую глотку! Тряпка, а не чиновник! Вот клянусь тебе, что теперь между нами всё кончилось, и на глаза мне больше не показывайся!

Подколесин. И не покажусь. *(Уходит).*

Кочкарев. К дьяволу, к своему старому приятелю! *(Отворяя дверь, кричит ему вслед).* Дурак!

ЯВЛЕНИЕ XVII

Кочкарев (один, ходит, в сильном движении, взад и вперед).

Ну, был ли когда виден на свете подобный человек? Эдакой дурак! Да если уж пошло на правду, то и я хорош. Ну, скажите, пожалуйста, вот я на вас всех сошлюсь. Ну, не олух ли я, не глуп ли я? Из чего бьюсь, кричу, инда горло пересохло? Скажите, что он мне? родня что ли? И что я ему такое — нянька, тетка, свекруха, кума что ли? Из какого же дьявола, из чего, из чего я хлопочу о нем, не даю себе покою, нелегкая прибрала бы его совсем? А просто чорт знает из чего! Поди ты, спроси иной раз человека, из чего он что-нибудь делает! Эдакой мерзавец! Какая противная подлая рожа! Взял бы тебя, глупую животину, да щелчками бы тебя в нос, в уши, в рот, в зубы — во всякое место! *(В сердцах дает несколько щелчков на воздух).* Ведь вот что досадно: вышел себе — ему и горя мало. С него всё это так, как с гуся вода — вот что нестерпимо! Пойдет к себе на квартиру и будет лежать да покуривать трубку. Экое противное созданье! Бывают противные рожи, но ведь эдакой просто не выдумаешь; не сочинишь хуже этой рожи, ей богу, не сочинишь. Так вот нет же, пойду нарочно ворочу его, бездельника! Не дам улизнуть, пойду приведу подлеца! *(Убегает).*

ЯВЛЕНИЕ XVIII

Агафья Тихоновна (входит).

Уж так, право, бьется сердце, что изъяснить трудно. Везде, куды ни поворочусь, везде так вот и стоит Иван Кузьмич. Точно правда, что от судьбы никак нельзя уйти. Давича совершенно хотела было думать о другом, но чем ни займусь, — пробовала сматывать нитки, шила ридикуль, — а Иван Кузьмич всё так вот и лезет в руку. *(Помолчав).* И так вот, наконец, ожидает меня перемена состояния! Возьмут меня, поведут в церковь... потом

153

оставят одну с мужчиною — уф! Дрожь так меня и пробирает. Прощай, прежняя моя девичья жизнь. (*Плачет*). Столько лет провела в спокойствии... Вот жила, жила — а теперь приходится выходить замуж! Одних забот сколько: дети, мальчишки, народ драчливый, а там и девочки пойдут; подрастут — выдавай их замуж. Хорошо еще, если выдут за хороших, а если за пьяниц, или за таких, что готов сегодня же поставить на карточку всё, что ни есть на нем! (*Начинает мало-помалу опять рыдать*). Не удалось и повеселиться мне девическим состоянием, и двадцати семи лет не пробыла в девках...(*Переменяя голос*). Да что ж Иван Кузьмич так долго мешкается?

ЯВЛЕНИЕ XIX

Агафья Тихоновна и Подколесин (выталкивается на сцену из дверей двумя руками Кочкарева).

Подколесин (запинаясь). Я пришел вам, сударыня, изъяснить одно дельцо... Только я бы хотел прежде знать, не покажется ли оно вам странным?

Агафья Тихоновна (потупляя глаза). Что же такое?

Подколесин. Нет, сударыня, вы скажите наперед: не покажется ли вам странно?

Агафья Тихоновна (так же). Не могу знать, что такое.

Подколесин. Но признайтесь: верно вам покажется странным то, что я вам скажу?

Агафья Тихоновна. Помилуйте, как можно, чтобы было странно? От вас всё приятно слышать.

Подколесин. Но этого вы еще никогда не слышали. (*Агафья Тихоновна потупляет еще более глаза; в это время входит потихоньку Кочкарев и становится у него за плечами*). Это вот в чем... Но пусть лучше я вам скажу когда-нибудь после.

154

Агафья Тихоновна. А что же это такое?

Подколесин. А это... Я хотел было, признаюсь, теперь объявить вам это, да всё еще как-то сомневаюсь.

Кочкарев (про себя, складывая руки). Господи ты боже мой, что это за человек! Это просто старый бабий башмак, а не человек, насмешка над человеком, сатира на человека.

Агафья Тихоновна. Отчего же вы сомневаетесь?

Подколесин. Да всё как-то берет сомнение.

Кочкарев (вслух). Как это глупо, как это глупо! Да вы, сударыня, видите: он просит руки вашей, желает объявить, что он без вас не может жить, существовать. Спрашивает только, согласны ли вы его осчастливить.

Подколесин (почти испугавшись, толкает его, произнося тихо). Помилуй, что ты!

Кочкарев. Так что ж, сударыня? Решаетесь вы сему смертному доставить счастье?

Агафья Тихоновна. Я никак не смею думать, чтобы я могла составить счастие... А, впрочем, я согласна.

Кочкарев. Натурально, натурально, так бы давно! Давайте ваши руки!

Подколесин. Сейчас. *(Хочет сказать что-то ему на ухо; Кочкарев показывает ему кулак и хмурит брови; он дает руку).*

Кочкарев (соединяя руки). Ну, бог вас благословит. Согласен и одобряю ваш союз. Брак это есть такое дело... Это не то, что взял извозчика, да и поехал куды-нибудь, это обязанность совершенно другого рода, это обязанность... Теперь вот только мне времени нет, а после я расскажу тебе, что это за обязанность. Ну, Иван Кузьмич, поцелуй свою невесту. Ты теперь можешь это сделать. Ты теперь должен это сделать. *(Агафья Тихоновна потупляет глаза).* Ничего, ничего, сударыня. Это так должно; пусть поцелует.

Подколесин. Нет, сударыня, позвольте, теперь уж позвольте. *(Целует ее и берет за руку).* Какая прекрасная ручка! Отчего это у вас, сударыня, такая прекрасная ручка?.. Да позвольте, сударыня, я хочу, чтоб сей же час было венчанье, непременно сей же час.

Агафья Тихоновна. Как сейчас? Уж это, может быть, очень скоро.

Подколесин. И слышать не хочу. Хочу еще скорее, чтобы сию же минуту было венчанье.

Кочкарев. Браво! хорошо! Благородный человек! Я, признаюсь, всегда ожидал от тебя много в будущем! Вы, сударыня, в самом деле поспешите теперь поскорее одеться: я, сказать правду, послал уже за каретою и напросил гостей. Они все теперь поехали прямо в церковь. Ведь у вас венчальное платье готово, я знаю.

Агафья Тихоновна. Как же, давно готово. Я в минуточку оденусь.

ЯВЛЕНИЕ XX

Кочкарев и Подколесин.

Подколесин. Ну, брат, благодарю! Теперь я вижу всю твою услугу. Отец, родной для меня не сделал бы того, что ты. Вижу, что ты действовал из дружбы. Спасибо, брат, век буду помнить твою услугу. *(Тронутый).* Будущей весною навещу непременно могилу твоего отца.

Кочкарев. Ничего, брат, я рад сам. Ну, подойди, я тебя поцелую. *(Целует его в одну щеку, а потом в другую).* Дай бог, чтоб ты прожил благополучно *(целуются),* в довольстве и достатке; детей бы нажили кучу...

Подколесин. Благодарю, брат. Именно, наконец, теперь только я узнал, что такое жизнь. Теперь предо мною открылся совершенно новый мир. Теперь я вот вижу, что всё это движется, живет, чувствует, эдак как-то испаряется, как-то эдак, не знаешь даже сам, что делается. А прежде я ничего этого не видел, не понимал, то-есть просто был лишенный всякого сведения человек, не рассуждал, не углублялся и жил вот, как и всякий другой человек живет.

Кочкарев. Рад, рад. Теперь я пойду, посмотрю только, как убрали стол; в минуту ворочусь. *(В сторону).* А шляпу всё лучше на всякий случай припрятать. *(Берет и уносит шляпу с собою).*

ЯВЛЕНИЕ XXI

Подколесин (один).

В самом деле, что я был до сих пор? Понимал ли значение жизни? Не понимал, ничего не понимал. Ну, каков был мой холостой век? Что я значил, что я делал? Жил, жил, служил, ходил в департамент, обедал, спал, — словом, был в свете самый препустой и обыкновенный человек. Только теперь видишь, как глупы все, которые не женятся; а ведь, если рассмотреть, какое множество людей находится в такой слепоте. Если бы я был где-нибудь государь, я бы дал повеление жениться всем, решительно всем, чтобы у меня в государстве не было ни одного холостого человека. — Право, как подумаешь: чрез несколько минут, и уже будешь женат. Вдруг вкусишь блаженство, какое точно бывает только разве в сказках, которое просто даже не выразишь, да и слов не найдешь, чтобы выразить. *(После некоторого молчанья).* Однакож, что ни говори, а как-то даже делается страшно, как хорошенько подумаешь об этом. На всю жизнь, на весь век, как бы то ни было, связать себя и уж после ни отговорки, ни раскаянья, ничего, ничего — всё кончено, всё сделано. Уж вот даже и теперь назад никак нельзя попятиться: чрез минуту и под венец; уйти даже нельзя — там уж и карета, и всё стоит в готовности. А будто в самом деле нельзя уйти? Как же, натурально нельзя: там в дверях и везде стоят люди; ну, спросят: зачем? Нельзя, нет. А вот окно открыто; что, если бы в окно? Нет, нельзя; как же, и неприлично, да и высоко. *(Подходит к окну).* Ну, еще не так высоко, только один

157

фундамент, да и тот низенький. — Ну, нет, как же, со мной даже нет картуза. Как же без шляпы? Неловко. А неужто, однакоже, нельзя без шляпы? А что, если бы попробовать — а? Попробовать, что ли? *(Становится на окно и, сказавши: "Господи, благослови!", соскакивает на улицу; за сценой кряхтит и охает).* Ох! однакож высоко! Эй, извозчик!

Голос извозчика. Подавать, что ли?

Голос Подколесина. На Канавку, возле Семеновского мосту.

Голос извозчика. Да гривенник без лишнего.

Голос Подколесина. Давай! Пошел! *(Слышен стук отъезжающих дрожек).*

ЯВЛЕНИЕ XXII

Агафья Тихоновна (входит в венчальном платье, робко и потупив голову). И сама не знаю, что со мною такое! Опять сделалось стыдно, и я вся дрожу. Ах! если бы его хоть на минутку на эту пору не было в комнате, если бы он за чем-нибудь вышел! *(С робостью оглядывается).* Да где ж это он? Никого нет. Куда же он вышел? *(Отворяет дверь в прихожую и говорит туда).* Фекла, куда ушел Иван Кузьмич?

Голос Феклы. Да он там.

Агафья Тихоновна. Да где же там?

Фекла (входя). Да ведь он тут сидел в комнате.

Агафья Тихоновна. Да ведь нет его, ты видишь.

Фекла. Ну, да уж из комнаты он тоже не выходил, — я сидела в прихожей.

Агафья Тихоновна. Да где же он?

Фекла. Я уж не знаю где; не вышел ли на другой выход, по

черной лесенке, или не сидит ли в комнате Арины Пантелеймоновны?

Агафья Тихоновна. Тетушка! тетушка!

ЯВЛЕНИЕ XXIII

Те же и Арина Пантелеймоновна.

Арина Пантелеймоновна (разодетая). А что такое?

Агафья Тихоновна. Иван Кузьмич у вас?

Арина Пантелеймоновна. Нет, он тут должен быть, ко мне не заходил.

Фекла. Ну, так и в прихожей тоже не был; ведь я сидела.

Агафья Тихоновна. Ну, так и здесь же нет его, вы видите.

ЯВЛЕНИЕ XXIV

Те же и Кочкарев.

Кочкарев. А что такое?

Агафья Тихоновна. Да Ивана Кузьмича нет.

Кочкарев. Как нет? Ушел?

Агафья Тихоновна. Нет, и не ушел даже.

Кочкарев. Как же, и нет и не ушел?

Фекла. Уж куды бы мог он деваться, я и ума не приложу. В передней я всё сидела и не сходила с места.

Арина Пантелеймоновна. Ну, уж по черной лестнице никак не мог пройти.

Кочкарев. Как же, чорт возьми? Ведь пропасть тоже, не выходя из комнаты, никак он не мог. Разве не спрятался ли?.. Иван Кузьмич? Где ты? Не дурачься, полно, выходи скорее! Ну, что за шутки такие? В церковь давно пора! *(Заглядывает за шкаф, искоса запускает даже глаз под стулья).* Непонятно! Но нет, он не мог уйти, никаким образом не мог. Да он здесь, в той комнате и шляпа; я ее нарочно положил туда.

Арина Пантелеймоновна. Уж разве спросить девчонку. Она стояла всё на улице, не знает ли она как-нибудь... Дуняшка! Дуняшка!

ЯВЛЕНИЕ XXV

Те же и Дуняшка.

Арина Пантелеймоновна. Где Иван Кузьмич, ты не видала?

Дуняшка. Да оне-с выпрыгнули в окошко...

(Агафья Тихоновна вскрикивает, всплеснувши руками).

Все трое. В окошко?

Дуняшка. Да-с, а потом как выскочили, взяли извозчика и уехали.

Арина Пантелеймоновна. Да ты вправду говоришь?

Кочкарев. Врешь, не может быть!

Дуняшка. Ей богу, выскочили! Вот и купец в мелочной лавочке видел. Порядили за гривенника извозчика и уехали.

Арина Пантелеймоновна (подступая к Кочкареву). Что ж вы, батюшка, в издевку-то разве, что ли? Посмеяться разве над нами задумали? На позор разве мы достались вам, что ли? Да я шестой десяток живу, а такого страму еще не наживала. Да за то, батюшка, вам плюну в лицо, коли вы честный человек. Да вы после этого подлец, коли вы честный человек. Осрамить перед всем миром девушку! Я мужичка, да не сделаю этого. А еще и дворянин! Видно, только на пакости да на мошенничества у вас хватает дворянства! *(Уходит в сердцах и уводит невесту. Кочкарев стоит, как ошеломленный).*

Фекла. Что? А, вот он тот, что знает повести дело. Без свахи умеет заварить свадьбу! Да у меня пусть такие и эдакие женихи, общипанные и всякие, да уж таких, чтобы прыгали в окна — таких нет, прошу простить.

Кочкарев. Это вздор, это не так. Я побегу к нему, я возвращу его! *(Уходит).*

Фекла. Да, поди ты, вороти! Дела-то сватского не знаешь, что ли? Еще если бы в двери выбежал — ино дело, а уж коли жених да шмыгнул в окно — уж тут, просто мое почтение!